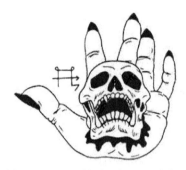

Guerra Entre Covens

Índice

Sinopse- Personagens

Esta é a história de rivalidades entre dois Covens. Amigos, que abrangem os seus Covens (grupos de ocultismo).

Em Nova Orleães, Cedric é o líder do Coven "Hidden Hand". Cedric tem cabelos castanhos curtos e um talismã no peito, e o pescoço tatuado. Ele é um hougan experiente em Vodu e tem habilidade para executar feitiçaria utilizando diversos sistemas mágicos.

A namorada dele é Emma. Ela é bonita, caucasiana e com cabelos compridos. Ela adora beber gim. É uma bruxa e cartomante habilidosa, tendo, ocasionalmente, a capacidade de canalizar espíritos e a capacidade de realizar mediunidade de incorporação.

Leonard é um amigo e membro do Coven. Um ruivo com cabelo espetado e veste sempre camisa. Ele possui vasta experiência em Santeria. Os "Hidden Hand" não se limitam a um sistema mágico; praticam diferentes sistemas de acordo com os objetivos do grupo.

Evelyn é uma pessoa trans que fez uma cirurgia para mudar de sexo e agora é uma mulher. Ela usa "rastas", dreadlocks. É psíquica, faz visão remota e até tem o dom de curar com as mãos.

O Coven tem outros personagens secundários, como Penelope, Zoey, Wilbur e John.

Penelope é uma lésbica que usa óculos escuros e tem cabelo curto e escuro. Geralmente usa um casaco de couro preto, é uma bruxa wicca. Ela tem uma paixão por Evelyn.

O Coven "Nightshadow Dew" está localizado na cidade de Baton Rouge, no estado de Louisiana, mais ao sul.

Jonas já foi um amigo próximo e agora é um adversário. Ele é caucasiano e possui um cabelo "punk" curto. Também tem barba e bigode. Geralmente, ele usa correntes de metal e amuletos.

Isabella é latina, caucasiana e é sua namorada. Ela é uma empresária de sucesso e contabilista reconhecida. Um pouco arrogante. É bonita e tem cabelos pretos e rabo de cavalo. Ela não sabe muito sobre o oculto, mas gosta de ir com o namorado, Jonas, a todos os lugares e está sempre nos rituais.

Lou é afroamericano e usa óculos. Ele usa, geralmente, um lenço na cabeça. Pratica Vodu e Palo Mayombe.

Ella tem uma aparência caucasiana elegante, com os cabelos longos e uma tez loira clara. Ela está envolvida em práticas necromânticas, rituais de cemitério e magia negra em geral.

Este Coven apresenta uma natureza mais satânica.

Os outros personagens secundários são Chloe, Victoria, Samuel e Ralph.

Emma   Cedric   Evelyn

Jonas

Isabella

Penelope

Ella

Desculpe pela qualidade dos desenhos, é só para dar uma ideia.
O texto está em português europeu.

Capítulo 1

Num mundo que caminhava de perto com possibilidades míticas, o Bombay Club permaneceu como um refúgio de mística no coração de Nova Orleães, um reino enigmático aninhado nas sombras da história da cidade. Como era conhecido, o clube era um refúgio para aqueles que caminhavam na linha entre a luz e a escuridão, onde os mistérios da bruxaria, magia e espiritualidade se fundiam numa dança rodopiante de intriga e perigo.

Os murmúrios dos clientes dentro do clube criavam uma sinfonia de conversas sussurradas e gargalhadas entrelaçadas na existência do clube.

Numa mesa de canto, sob o brilho suave de um candelabro em tons de âmbar, estava Cedric, o líder do Coven conhecido como "Hidden Hand". As suas feições carregavam a essência do seu mundo. O seu cabelo curto emoldurava um semblante que carregava o peso tanto da sabedoria quanto de uma sede insaciável de conhecimento. A sua pele clara contrastava esteticamente com o cabelo.

 O talismã em volta do pescoço, uma herança transmitida por gerações, descansava orgulhosamente no seu peito, o seu desenho único brilhando à luz das velas. Os seus olhos, embora fixos nas correntes inconstantes da sala, pareciam alcançar além do véu do mundano, como se ele estivesse sintonizado com a própria pulsação do universo.

Enquanto os acordes distantes de um piano melancólico flutuavam no ar, o olhar de Cedric moveu-se lentamente pelo interior do Bombay Club. Finalmente, os seus olhos voltaram para o pequeno copo de cristal diante dele e pegou-o.

Cedric engoliu o último conteúdo do copo e em seguida deu um suspiro prolongado. Ele saiu para beber no clube. Era um clube muito

popular e geralmente lotado em Nova Orleães.
Emma, a sua namorada, estava sentada no lado oposto da sua mesa.

"Queres outro?" Emma perguntou, inclinando-se com as sobrancelhas ligeiramente levantadas.

"Acho que vou fazer uma pausa agora", respondeu. A sua voz carregava um estranho calafrio que Emma logo associou ao gim que acabara de beber. Era inverno e um frio álgido, mas o ambiente dentro do bar era acolhedor. Quase aconchegante.

Emma continuou a olhar para ele com olhar penetrante e curioso.
A sua beleza só era superada pela inteligência feroz nos seus olhos.

Ela tinha longos cabelos castanhos que caíam em cascata sobre os ombros como uma cachoeira. Emma parecia possuir um fascínio sobrenatural que atraía os outros como mariposas para uma luz. Estavam sentados à mesa, esperando pelos seus amigos.

De repente, Cedric avistou o seu velho e antigo amigo, Jonas. Anunciando a sua presença com passos ruidosos das suas botas, Jonas entrou em Bombaim com a namorada deslumbrante, Isabella, ao lado dele, o peito de Jonas fortemente adornado fazendo sons metálicos enquanto as suas joias dançavam umas contra as outras à distância.

Cedric logo ficou enjoado. "O ambiente já está poluído", disse friamente, "acho que vou fazer um intervalo e tomar outro copo."

Emma franziu os lábios, franzindo as sobrancelhas em consternação. Ela virou-se e procurou o garçon sempre em movimento e sinalizou para outra rodada de bebidas. Com um aceno de cabeça satisfeito, o garçon reconheceu-a e rapidamente dirigiu-se ao bar.
Voltando-se para o namorado, os olhos de Emma suavizaram com uma mistura de preocupação e curiosidade.

 "Amor, tu e esse Jonas eram tão bons amigos, explica o que realmente aconteceu? Como passaram a odiar-se tanto?" Emma perguntou em voz baixa.

As palavras pairaram no ar, uma pergunta pesada que parecia exigir uma resposta. O rosto de Cedric contraiu-se, a sua mandíbula apertada como se estivesse a lutar contra uma torrente de emoções.

"Amigos de verdade não se apunhalam pelas costas, espalhando mentiras e dizendo que são melhores," Cedric disse com uma raiva óbvia e crescente no seu tom enquanto falava"... Além disso, no passado, ele ajudou um relacionamento desmoronar", continuou.

O seu olhar estava distante, perdido no passado que parecia ter se gravado profundamente na sua memória.

Emma ainda estava confusa, e as suas expressões não faziam nada para esconder isso. Ela franziu as sobrancelhas enquanto questionava suavemente: "Mas que mentiras ele divulgou?".

Ela insistiu, as suas palavras misturadas com a determinação de descobrir a verdade.

"Sabes que ele também tem um Coven, certo?" perguntou Cedric.

Emma assentiu com a cabeça, o seu olhar fixo nele, incitando-o a continuar.

"É chamado 'Nightshadow Dew', e eles pensam que são melhores que o nosso Coven," disse Cedric, o seu tom misturado com um notável desdém.

"Sim, mas infelizmente há muita rivalidade entre os Covens". Comentou Emma, a sua voz carregando um toque de tristeza.

Ela conhecia muito bem as complexidades e tensões que poderiam surgir no mundo coeso dos Covens, onde as diferenças e a competição muitas vezes levavam a fraturas profundas.

Como se fosse uma deixa, o garçon reapareceu, trazendo uma bandeja com bebidas.

O tilintar dos copos e o aroma agradável das misturas encheram o ar, distraindo-os momentaneamente do peso da conversa.

"E a sua namorada Isabella, que pensa que é a personificação da sabedoria, também espalha merda sobre mim nas suas revistas," Cedric continuou a tomar um gole de whisky.

"Amor, não te preocupes muito com essas coisas. É o preço de ser o líder de um Coven famoso e um autor talentoso que publicou vários livros," as feições de Emma eram apaixonadas enquanto ela tentava acalmá-lo. Ela simultaneamente pegou um Martini da bandeja do garçon.

"Eu sei, mas esses artigos de imprensa fantasiosos e cor-de-rosa... prejudicam a minha imagem." Cedric insistiu. "Tenho clientes e associados, e isso é mau para os negócios", disse Cedric.

"Eu conheço o meu amor." Emma estendeu a mão e segurou a mão dele, esfregando-a suavemente.

Cedric não pôde deixar de olhar para Jonas e a sua companheira. Eles já estavam acomodados do outro lado do clube. Jonas tinha um sorriso permanentemente plantado no rosto.

Ele parecia um idiota à distância, cercado por uma nuvem de fumaça do seu charuto cubano. O fino véu do fumo do charuto cubano parecia dançar ao seu redor como um companheiro leal, contribuindo para o ar de arrogância que o cercava. Beijou Isabella na boca como se estivesse a exibir um troféu.

Cedric balançou a cabeça irritado enquanto se virava para Emma.

"Mais da metade do que ele sabe agora, aprendeu comigo", disse Cedric novamente. Os seus dedos tamborilavam inquietos na borda do copo, uma manifestação da sua agitação interna.

"Fui eu quem o apresentou ao ocultismo, quem o guiou pelo labirinto de textos antigos e lhe entregou as chaves do conhecimento proibido", continuou Cedric, a sua voz carregando um toque de amargura que ressaltava as suas palavras.

"Agora, depois de todos esses anos, sou o líder do nosso Coven, e o que ele faz? Ele decide formar o seu próprio Coven, como se imitar o meu sucesso fosse o caminho para a sua própria glória."

Fez uma pausa e continuou: "Não é só isso, ele anda por aí a dizer que é mais sábio e mais experiente do que eu. E a namorada dele chama-me fraude e golpista nas revistas.

"Talvez devêssemos processá-los?" Sugeriu Emma.

"Eu processei-os uma vez, mas não adiantou muito", disse Cedric, irritado.

"Não importa," disse Emma. "Acredito em ti, amor, e estou aqui para te ouvir e apoiar sempre que quiseres." Emma esboçou um sorriso tímido, mas compreensivo após dizer-lhe isso. Isso aqueceu-o momentaneamente.

"Finalmente!" disse Cedric. Os seus amigos tinham acabado de chegar. Eles avistaram o casal imediatamente quando entraram no clube - Leonard, Penelope e a Evelyn.

Evelyn falou primeiro: "Oi, pessoal. Boa noite."
Disse com um sorriso. As suas rastas, uma cascata de fios de obsidiana entrelaçados alinhados com delicadas listras de azul-claro, emolduravam um rosto que trazia as marcas da profundidade inata. O traje de Evelyn era um conjunto de matizes flutuantes da meia-noite e padrões celestiais que pareciam mudar e brilhar com as correntes misteriosas que percorriam o Bombay Club.
Ela tinha um pingente, uma safira delicada suspensa por uma corrente de prata, aninhada entre as clavículas.

As suas capacidades psíquicas eram reconhecidas no Coven, a sua mente era um canal para dimensões além da visão e do som. Ela possuía a arte da visão remota; a sua consciência era capaz de atravessar os limites do espaço e do tempo, perscrutando os reinos visíveis e invisíveis. Mas para a própria Evelyn, o seu dom de cura a diferenciava.

Todos se cumprimentaram.

"O que querem beber?" Cedric perguntou-lhes e acenou com a mão para o garçon.

"Para mim, uma piña colada", disse Evelyn.

"Eu quero whisky", disse Leonard.

Leonard também era um amigo e membro do seu Coven. Tinha um cabelo ruivo vibrante que parecia dançar com as próprias chamas do cosmos. A aparência de Leonard era tão impressionante quanto intrigante. O seu cabelo espetado, uma prova do seu espírito livre e charme irreverente, tinha um ar de desafio casual, um reflexo de uma alma livre de convenções.

Ele costumava usar um tipo específico de camisa clássica e parecia ter uma coleção permanente delas. Leonard tinha uma forte ligação com a religião Santería. O Coven "Hidden Hand" não está limitado a um sistema mágico específico. Praticam sistemas diferentes, dependendo dos seus objetivos.

"E eu vou querer apenas um gim," Penelope anunciou, a sua personalidade infantil aquecendo o resto do grupo como sempre.

Entre o grupo, Penelope tinha uma personalidade tranquila com um ar de introspeção silenciosa e desejos ocultos. O seu cabelo curto e escuro emoldurava o rosto como uma cascata de seda da meia-noite, caindo em ondas suaves que pareciam guardar segredos sussurrados pela própria noite. Sob as lentes dos óculos, os seus olhos jovens continham um vislumbre de profundidade, como janelas para uma alma que abrigava complexidades além da simples visão.

Penelope, como praticante de Wicca, estabeleceu uma conexão com tradições ancestrais e energias místicas que fluíam pelas veias da terra. A sua compreensão do delicado equilíbrio entre natureza, magia e espírito humano acrescentou uma significativa camada de profundidade à dinâmica do Coven.

Penelope tinha uma paixão oculta por Evelyn que o resto do grupo notava, mas elas pareciam não reconhecer.

Ela virou-se ligeiramente e viu Jonas no final da sala. "Olha, aquele idiota ali é o Jonas, não é?" Penelope perguntou ao resto do grupo.

"Nem fales sobre ele," Emma disse rapidamente. "Cedric já viu o suficiente dele e estava a ficar entediado e com raiva enquanto vos esperávamos", acrescentou Emma.

"Porra de Coven satânico," Evelyn murmurou baixinho com desdém. Todos eles compartilhavam um ódio comum por Jonas e a sua "matilha".

Emma percebeu, de imediato, o olhar tenso que se formava no rosto de Cedric, e, então, disse: "Vamos dançar um pouco, amor, para clarear a tua mente".

Acolhendo a ideia, Cedric decidiu que lhe faria mais bem do que mal. "OK, vamos lá", disse com um aceno rápido, engolindo o resto do whisky.

Enquanto os dois dançavam, Isabella apareceu na pequena pista de dança, balançando os quadris sensualmente ao som da música. Jonas veio de mãos dadas com ela, com uma nuvem de fumo atrás deles. Quando a voz de Jonas rompeu a melodia de fundo, as suas palavras provocantes pairaram no ar como um desafio:

"Então, ainda tens a tua loja esotérica? E o Coven? Achei que tinham acabado — disse Jonas, provocante, a Cedric, dando uma tragada no seu charuto cubano.

A resposta de Cedric foi ágil e misturada com um desafio subjacente. "Fechado? Tu és único que ficarás infeliz quando os teus clientes perceberem que têm mais azar na vida do que benefícios ao se envolver contigo", ele retrucou, as palavras pingando com uma verdade venenosa que era tão afiada quanto uma lâmina.
O seu olhar fixou-se no de Jonas, um desafio que o desafiava a considerar a potência das suas palavras.

"Amor, ignora-os", disse Emma. Os seus olhos implorando para que Cedric superasse a provocação.

Por outro lado, Isabella apenas continuou a sorrir com ar de quem estava a divertir-se com a situação. Mas ela não disse nada.
Havia um clima tenso entre Cedric e Jonas. Se os seus olhos pudessem emitir raios, certamente haveria uma tempestade por ali.

"Eu vi nas cartas que vais ter um ano de muito azar", disse Jonas, o seu olhar de desgosto, intensificando a ferroada das suas palavras. Após isso, ele agarrou Isabella e afastaram-se lentamente.

Cedric parou e lançou a Emma um olhar penetrante. "O que aquele idiota quis dizer com isso?" Perguntou-lhe enquanto caminhavam de regresso à mesa.

Após Cedric e Emma retornarem à mesa, Evelyn apontou para Jonas e Isabella do outro lado e questionou. "Esses otários incomodaram-te?" Ela perguntou.

"É o que eles fazem. Jonas continuou a divagar sobre algo como nós termos um ano muito mau", Cedric respondeu secamente.

Evelyn percebeu que o que ele acabara de ouvir de Jonas o havia perturbado um pouco.

"Não lhe dês ouvidos por um segundo. Ele só está com ciúmes do que tens. Somos fortes, unidos e nenhum mau presságio pode derrubar-nos", disse Evelyn afirmativamente, tentando ao máximo tranquilizar o seu líder.

"Vou ao banheiro Já volto". Evelyn disse ao grupo, levantando-se da mesa.

Penelope correu para ela rapidamente. "Espera, vou fazer-te companhia", ela gritou para Evelyn. Emma sorriu e deu a Cedric um olhar compreensivo.

Penelope ouviu, mas ela ignorou-os e seguiu atrás de Evelyn. Ela alcançou-a antes que ela se afastasse demais.

"Ah," Evelyn exclamou enquanto se virava, "Precisas mesmo ir ao banheiro comigo?" Perguntou curiosamente.

"Volto em pouco tempo." Acrescentou.

"Bem... eu queria falar contigo", disse Penelope, "longe do grupo." O seu sorriso tímido fazia-a parecer ainda mais uma criança.

Evelyn não se conteve. Penelope causava tanto efeito nas pessoas sempre que sorria. Ela sorriu ao ver a corada visão de Penelope.

— O que queres dizer, Penélope? Ela perguntou baixinho, quase como se estivesse a sussurrar.

"Bem, Evelyn, eu admiro-te muito", começou Penelope. Ajustando os óculos.

"Obrigado", disse Evelyn. "Mas posso perguntar especificamente por que isso acontece, Penelope?" Evelyn perguntou num tom diferente.

"Bem, acho que só quero dizer o quanto te admiro por teres a coragem de fazer o que fizeste, assumindo-te como desejas ser - como mulher, todos conhecemos a tua história porque compartilhaste connosco. Fizeste transição para seres mulher e conseguiste. Isso é coragem." disse Penélope.
Ela já mimoseava o cabelo de Evelyn, acariciando as mechas com tons de azul-claro.

"Ah, obrigada", disse Evelyn, sentindo-se um pouco desconfortável.

"E..." continuou Penelope, "Eu... Uh... Sabes..." ela gaguejou, abaixando a cabeça.

— O que foi, Penélope? Perguntou Evelyn.

"Tudo bem", ela olhou para cima novamente, aparentemente reunindo mais coragem enquanto suspirava profundamente. "Eu só quero que saibas que... uh... eu realmente sinto-me atraída por mulheres." Penelope disse-lhe, e ela abaixou a cabeça numa reverência mais uma vez.

"Eu sei", disse Evelyn. Ela tocou o queixo de Penelope e levantou a cabeça lentamente até que os seus olhos se encontrassem. Ela continuou: "... e isso também é corajoso para admitir ao mundo sem medo", continuou Evelyn. "Mas sempre me senti como uma mulher, e agora sou uma mulher, mas a verdade é... Estou interessada em homens," ela disse calmamente, sem tentar ferir os seus sentimentos.

"Sim, eu entendo, mas..." Penelope começou, mas foi interrompida.

"Entendes o que estou a tentar dizer? Eu sei que vieste até mim esperando que eu não fosse assim, mas é assim comigo." Admitiu Evelyn.

A expressão no rosto de Penelope mostrou a sua enorme deceção. Desde a primeira vez que ela conheceu Evelyn, ela teve uma paixão por ela. Ela lançava olhares furtivos para ela sempre que estavam todos juntos.

Depois que Evelyn disse que não gostava de mulheres, Penelope percebeu que tinha mais do que uma simples atração por ela. O seu coração apertou e parecia que algo estava a contorcer-se dentro dela.

"Mas Evelyn, ainda podemos..." Penelope disse, parando.

"Vamos, não insistas, ok?" Evelyn falou gentilmente, disfarçando o seu desconforto com um sorriso forçado e dando palmadinhas no seu ombro.

Penelope abriu a boca e falou suavemente: "Tenho que admitir. Neste momento, quero beijar-te na boca e saber se queres, mas respeito as tuas preferências e não insisto mais." Disse Penélope.

"Claro, não te preocupes; segura a minha bolsa, por favor. Vou fazer xixi", disse Evelyn.

"Ok, eu vou esperar aqui por ti."

Depois de um tempo, Evelyn estava de volta. Então as duas voltaram para a mesa.

"As mulheres sempre vão ao banheiro em duplas. Porquê?" Leonard perguntou com um sorriso maroto.

"Tem bom senso na cabeça, Leonard", disse Evelyn com sarcasmo.

"Olha, os otários estão a ir embora", disse Cedric, olhando para Jonas e Isabella.

"Podes respirar melhor agora," acrescentou Emma com convicção.

O grupo passou mais tempo junto no clube e, no final da noite, eles saíram e despediram-se.

"Foi um bom momento, pessoal. Até amanhã e descansem bem," disse Cedric enquanto entrava no carro com Emma.

Capítulo 2

A luz do sol da manhã seguinte fluía suavemente através das cortinas, produzindo um brilho quente em toda a sala. No entanto, quando Emma despertou do seu sono, percebeu imediatamente que algo estava errado. O seu corpo estava entorpecido e ela tremia toda como se tivesse sido exposta a uma temperatura extremamente fria. A sensação de dormência, como um véu envolvendo-a, deixou-a desconectada dos seus próprios membros.

Quando a sensação desconcertante tomou conta, a voz de Cedric cortou a névoa do seu desconforto. A preocupação marcava o seu rosto enquanto ele pairava sobre ela, a sua preocupação era percetível.

"O que está a acontecer, querida. Estás bem?" perguntou, a sua voz tingida de uma mistura de confusão e alarme. Os dedos dele roçaram o braço dela gentilmente, procurando oferecer segurança, mesmo enquanto ele lutava com a sua própria incerteza.

A resposta de Emma foi uma admissão trémula da sua própria confusão. "Eu não sei o que está a acontecer comigo," conseguiu articular, a sua voz carregando um tom de desamparo.

"Sinto-me estranha. O meu corpo está estranho - quente e frio ao mesmo tempo." As suas palavras vacilaram enquanto a sensação persistia - uma bizarra justaposição de sensações que a deixou totalmente desequilibrada.

"Eu não entendo. Aconteceu alguma coisa?"

"Ah! A minha cabeça esta a matar-me!" ela exclamou, a sua voz misturada com angústia enquanto as suas mãos se moviam instintivamente para acalmar as suas têmporas latejantes.

Numa reviravolta desconcertante de eventos, o corpo de Emma começou a contorcer-se, os seus movimentos erráticos e incontroláveis. Tão abruptamente quanto começou, a sua contorção cessou, a sua cabeça ergueu-se como se puxada por alguma força invisível. Uma voz, mais profunda e totalmente desconhecida, emergiu dos seus lábios, o seu timbre carregando uma ressonância sobrenatural.

"Trago uma mensagem," A sua voz aprofundou-se além do normal. Não era dela. Algo mais falou através dela. Cedric percebeu que ela estava a incorporar mediunicamente.

"Algumas mortes vão acontecer!" A proclamação ecoou pela sala, as suas palavras pesadas pairando no ar como uma premonição.

Os olhos de Emma reviraram, e então desmaiou.

Então, como se a estranha presença tivesse concluído a sua mensagem, o seu corpo cedeu, a sua consciência aparentemente esvaindo-se. Com reflexos rápidos, Cedric moveu-se para segurá-la, os seus braços envolvendo a sua forma bem a tempo de evitar que ela caísse na cama.

"Querida? Podes ouvir-me? Acorda. Emma? Cedric disse em rápida sucessão. O seu coração batia rápido enquanto ele acariciava o rosto dela gentilmente, esperando obter uma resposta do seu corpo inativo.

Depois de um tempo, Emma acordou novamente.

Ela respirou fundo; o seu comportamento mais calmo e os seus olhos focados em Cedric.

- "O que aconteceu?" Perguntou, a sua voz carregando uma fragilidade que refletia o rescaldo da profunda experiência que se apoderou dela.

Cedric foi direto. "Incorporastes um espírito", explicou. "Não sei qual deles porque ele não se identificou, mas falou sobre mortes."

"Mortes?" Emma ainda estava a recuperar-se, mas aparentava estar bastante abalada com o que havia escutado. A sua voz vacilou com uma mistura de curiosidade e choque. A gravidade da mensagem parecia pairar no ar, lançando uma sombra sobre a sala.

Cedric assentiu solenemente, confirmando a sua pergunta.
"Sim," confirmou, o seu olhar firme quando ele encontrou os olhos dela.

Com uma determinação acentuada, Emma mudou de posição, sentando-se na cama. O baralho de tarô, a sua ferramenta para buscar insights, estava ao alcance da mão, e ela pegou. "Eu vou ler as cartas de tarô," afirmou, a sua voz segurando uma nota de intenção e urgência.

À medida que as cartas foram espalhadas diante dela, as suas imagens enigmáticas começaram a tecer uma narrativa que ofereceria uma visão dos eventos que haviam ocorrido.

À medida que as cartas eram distribuídas, um trio de imagens inquietantes se revelava: O Diabo, A Torre e a Morte. A reação de Emma foi visceral, com uma exalação aguda escapando dos seus lábios enquanto ela praguejava baixinho.

"Merda," murmurou, os seus dedos acariciando as cartas como se procurassem respostas dentro dos seus intrincados desenhos.

"Apenas cartas negativas. Alguém fez macumba contra nós", concluiu ela, com palavras carregadas de mágoa e um toque de raiva.

"Tantas cartas negativas juntas, é incomum". Refletiu, a sua voz carregando um reconhecimento sombrio da raridade desse alinhamento. A perceção de que alguém havia direcionado más intenções para eles pesou muito sobre os dois.

Por um momento, houve um silêncio pesado. O desafio diante deles era claro e, juntos, estavam determinados a navegar pelas correntes de incerteza e adversidade que foram postas em movimento.

Pouco depois, o telemóvel de Cedric toca, rasgando o silêncio. Era o seu amigo, Leonard.

A voz de Leonard parecia urgente e séria, em sincronia com a situação atual do outro lado da chamada. "Cedric", declarou Leonard, "tive um mau pressentimento e hoje garanto que na minha casa vi algumas figuras negras. Não acho que foram alucinações!" Disse.

As sobrancelhas de Cedric franziram enquanto ele processava a informação, as suas próprias preocupações alinhadas com a experiência de Leonard.

"Acredito em ti," respondeu sem hesitar, a sua voz carregando um senso de gravidade compartilhado. "Algo está errado", continuou

Cedric, as suas palavras tingidas com uma mistura de incerteza e convicção. "Não muito tempo atrás, Emma sentiu-se mal, e um espírito tomou conta do seu corpo e falou através dela", explicou, a sua voz pesada com o peso da ocorrência incomum.

"Isso geralmente acontece apenas em rituais de incorporação e definitivamente apenas sob a vontade dela. Mas desta vez foi estranho e fora de controlo. Isso enviou-nos uma mensagem negativa."

Cedric explicou ao amigo.

A gravidade da situação parecia ser ampliada à medida que as palavras cruzavam a distância ao telemóvel. Do outro lado, a resposta de Leonard foi sucinta, reconhecendo o problema que estava a ocorrer. "Ah... alguém deve ter feito merda contra nós," murmurou, a sua voz refletindo uma mistura de frustração e preocupação.

A frustração de Cedric era palpável enquanto continuava a relatar os acontecimentos.

"Não me digas! E há mais!" Ele exclamou, o tom da sua voz revelando a tensão com a qual lutava.
"Emma viu a Morte, a Torre e o Diabo nas cartas... Apenas cartas más, porra..." Ele suspirou, uma mistura de descrença e frustração evidente no seu tom.

"Emma continuou a ler as cartas, e sempre havia a Morte, o Diabo, a Torre, depois o Enforcado..." A sua voz foi sumindo, o peso da situação deles ecoando pelo telemóvel.

Houve uma pausa percetível na chamada entre os dois. Cada um absorvia o que acontecia e o que o outro acabara de compartilhar, e tentavam planear os próximos passos.

"Vamos reunir o Coven," Cedric sugeriu como o próximo curso de ação óbvia.

"Vou ligar à Penelope, Zoey, John, Wilbur e todos os outros." Ele informou o amigo.

"Sim, amor, vamos fazer isso," concordou Emma, acenando a cabeça afirmativamente e ainda abalada com o que havia acontecido com ela.

"Leonard, podes passar na loja esotérica e pegar a Evelyn? Encontra-nos no templo do Coven.

"OK."

Terminam a chamada e partiram para a ação.

Cerca de meia hora depois, todos estavam reunidos: Cedric, Emma, Zoey, John, Wilbur, Leonard, Evelyn e outros chegaram. Penelope chegou atrasada e parecia preocupada. Cada rosto carregava uma mistura de curiosidade e preocupação.

"Ouçam com atenção, pessoal." Cedric começou com o grupo, a sua voz urgente e carregando o peso da situação. "Algo está errado e acho que alguém quer prejudicar-nos", disse Cedric.

Evelyn, conhecida pelas suas habilidades psíquicas e a sua capacidade de visão remota, permaneceu em silêncio, com os olhos distantes como se estivesse a ver para um reino além do deles. O resto dos membros do Coven sentiram a sua introspeção e voltaram a sua atenção para ela, instigados pela a curiosidade coletiva.

De forma inesperada, a voz de Evelyn quebrou o silêncio e transmitiu uma autoridade calma, porém segura. "Nisto," ela começou, a sua voz firme quando ela emergiu da sua visão. "Era o Coven do Jonas, o "Nightshadow Dew", continuou, as suas palavras pintando uma imagem vívida dos eventos que ela havia testemunhado.

"Só tive uma visão deles. Eles fizeram um ritual na noite anterior, e quando Jonas e Isabella saíram do bar, foram reunir-se ao resto do grupo que já fazia um ritual na floresta."

"Os nervos de Cedric pareceram aumentar quando as peças do puzzle se encaixaram. "Filhos da puta, eu sabia que eles tramavam alguma coisa", murmurou, as suas palavras tingidas com uma mistura

26

de frustração e desconforto, a perceção de que a ameaça que enfrentavam não era apenas casualidade, mas um esforço orquestrado por um Coven rival lançou uma sombra sobre a sala.

"Cabrões!" A voz de Emma cortou a tensão, a sua resposta marcada por um olhar pesado que refletia as emoções girando dentro dela. O seu olhar endureceu, uma mistura de raiva e determinação emanando dos seus olhos.

Naquele momento, enquanto os membros do Coven se sentavam cercados pelo desconhecido e pelo inquietante, um pacto silencioso pareceu formar-se entre eles. Os fios de unidade e propósito foram tecidos cada vez mais apertados enquanto eles se preparavam para enfrentar a escuridão que invadia o seu mundo.

"Não vamos ficar de braços cruzados devido ao carma e tudo isso, vamos?" Perguntou Leonard.

"Braços cruzados? Brincaram com fogo e agora queimam-se". Retorquiu Emma.

"Concordo," Penelope interrompeu.

"Quando algo te desafia, tens três opções," Cedric disse com a voz elevada. "Ou deixas que isso te desafie, destrua ou que te torne mais forte", disse Cedric.
"E isso nos tornará mais fortes. É assim que devemos lidar."

"Pessoal, vamos colocar uma maldição muito pesada sobre eles esta noite... Enquanto vocês fazem o ritual, eu visualizarei os rostos deles e direcionarei psiquicamente a energia do ritual para eles. O que acham?" Perguntou Evellyn.

"Boa ideia", disse Cedric. Todos concluíram e chegaram a um acordo.

Todos deixaram o templo nos seus veículos, concordando em retornar à noite para os rituais. Os rituais obedecem a horários mágicos específicos, sendo a noite o horário ideal para esse tipo de ritual.

Por volta das onze horas da noite, todos estavam reunidos no templo.

"Estão todos aqui?" Perguntou Cedric.

Enquanto a conversa pairava no ar, uma entrada inesperada quebrou o equilíbrio inquieto da reunião. Penelope, com os olhos inchados de tanto chorar e o rosto marcado pela angústia, apareceu na porta. A crueza das suas emoções era palpável; as lágrimas que escorriam pelo seu rosto pintando um quadro de turbulência e angústia.

Leonard foi o primeiro a reagir; a sua preocupação foi imediata e evidente. — O que foi, Penelope? Perguntou com premência, a sua voz um reflexo da urgência que acompanhava o seu estado emocional.

Cedric, igualmente preocupado, repetiu a pergunta - "O que aconteceu?" Insistiu, o seu olhar fixo na figura trémula de Penelope.

Oprimida pelo peso das suas emoções, Penelope desabou no chão, os seus soluços escapando em ondas incontroláveis. Por um momento, a sua voz perdeu-se na sua angústia, deixando a sala num silêncio pesado pontuado apenas pelas suas lágrimas.

À medida que os seus gritos diminuíam gradualmente, Penelope sentiu a sua voz trémula e carregada de tristeza. Com uma respiração profunda, dirigiu-se ao grupo, as suas palavras carregando um peso que refletia as suas emoções. "John e Wilbur sofreram um acidente de carro a caminho de casa," ela começou, o tremor na sua voz refletindo a gravidade da situação.

"Acho que o carro caiu da ponte Crescent City. Não sei se eles sobreviveram", concluiu, as suas palavras sumindo numa dolorosa admissão de incerteza.

A sala pareceu prender a respiração coletivamente enquanto as palavras de Penelope eram absorvidas.

"Oh meu Deus!" Exclamou Leonard. O seu choque e preocupação refletindo os sentimentos dos outros.

A reação de Cedric foi visceral, uma mistura de descrença e frustração que ele não conseguiu conter. "Merda!" Murmurou, a sua mandíbula apertada enquanto ele desviava o olhar, como se precisasse de um momento para lidar com a notícia.

Afastou-se do grupo, distanciando-se da intensidade do momento e permitindo que a realidade da situação se estabelecesse.

"Porra! Isso está a ficar muito mau!" Emma exclamou, a sua frustração e preocupação manifestando-se no seu tom. O peso dos eventos crescentes era um fardo pesado que parecia pressionar todos.

Instantaneamente, Evelyn começou a meditar, com os olhos fechados, enquanto procurava conectar-se com uma compreensão mais profunda dos eventos que haviam se desenrolado.

Quando Cedric voltou ao núcleo do Coven, a sua determinação era palpável. "Vamos fazer o ritual", as suas palavras soaram com um senso de propósito inabalável. A sua determinação parecia espalhar-se como fogo, acendendo uma determinação coletiva entre os membros que estavam presentes.

Sem hesitar, os membros do Coven entraram em ação, a urgência no ar levando-os a movimentos rápidos e decisivos. Não havia espaço para hesitação depois que Penelope acabava de dar a notícia devastadora. Eles estavam unidos na sua determinação de enfrentar a ameaça que pairava sobre eles, para lutar contra as forças que procuravam prejudicar o seu Coven.

Eles acenderam velas negras e colocaram oferendas como garrafas de whisky, velas negras e animais de quatro patas para sacrificar.

Conforme os membros do Coven assumiram as suas posições, as suas vozes elevaram-se em uníssono, criando um poderoso coro que reverberou pela sala. "Invocamos Papa Legba e o seu irmão Met Kalfu, para abrir os nossos caminhos!"

As suas vozes soaram carregadas de energia e propósito, e os seus braços foram erguidos num gesto que alcançava os reinos espirituais.

"Invocamos o Baron Samedi, senhor e governante do mundo dos mortos, para trazer a maldição aos nossos inimigos!" Eles continuaram enquanto Cedric segurava uma caveira nas mãos. Era real e pertencia a uma pessoa real. Eles tinham as suas formas de conseguir coisas assim.

O canto continuou: "Invocamos a sua companheira Maman Brigitte, rainha dos cemitérios, esposa do Baron Samedi, para punir aqueles que queriam atingir-nos". Ele entoou, o seu olhar fixo no crânio como se buscasse uma conexão com os espíritos que eles invocavam.

À medida que o ritual avançava, uma energia primordial parecia preencher a sala. Tambores foram trazidos, os seus ritmos crescendo como uma batida de coração estrondosa. A atmosfera tornou-se carregada à medida que se aproximava a hora do sacrifício. Quando chegou o momento certo, os membros do Coven começaram a tocar os tambores com um fervor que combinava com a intensidade da sua intenção.

Chegou o ápice do ritual, marcado pelo sacrifício dos animais. O seu sangue foi derramado sobre fotos dos seus rivais do Coven "Nightshadow Dew", um ato simbólico que ligou as suas intenções ao mundo físico. A sala parecia vibrar com a convergência de energias - uma potente mistura de determinação, poder e um toque do desconhecido.

Depois que tudo foi feito, os seus rostos começaram a carregar olhares de satisfação. "As oferendas foram feitas, e agora os loa responderão e virão no nosso auxílio," disse Cedric, confiante.

Quando o ritual chegou ao fim, um sentimento palpável de unidade e propósito pairava no ar. Os membros do Coven sabiam que haviam enviado uma mensagem, tanto para as forças espirituais que invocavam quanto para os inimigos que ousaram ameaçar o seu santuário. Naquele momento, o seu Coven era mais do que apenas uma reunião de indivíduos – era uma frente unida contra a escuridão que procurava engolfá-los.

Evelyn continuou com os olhos fechados, concentrando-se e visualizando os seus inimigos sofrendo mil tempestades enquanto dirigia psiquicamente a sua energia para eles.

De repente, um barulho alto soou do nada. Foi como uma explosão. Todas as janelas de vidro quebraram em mil pedaços, e todos tentaram momentaneamente proteger-se.

"Porra! Que merda é essa?!" Cedric perguntou, as suas palavras dirigidas a ninguém em particular.

Mal sabia Cedric e o resto do Coven "Hidden Hand" saber que exatamente ao mesmo tempo que o seu ritual estava a ser realizado, Jonas e o seu Coven também estavam a realizar os seus próprios ritos em Baton Rouge.

"Posso sentir algumas entidades negativas por aqui. Parece que aqueles otários estão a reagir", disse Jonas rapidamente. "Mas também sabemos como trabalhar com essas entidades ou quaisquer outras." continuou.

"Podemos fazer algumas maldições e rituais com Exús, tenho experiência em Palo Mayombe, e sabes que Jonas..." Disse um deles, conhecido como Lou.

"Sim, meu amigo, esses parecem ser exatamente o que precisamos fazer. Tenho certeza de que são os certos, mas vamos esperar que Ella volte do cemitério com um pouco de terra e ossos." A voz de Jonas ficou fria quando ele disse isso. Ele gostou da ideia do que eles estavam prestes a fazer.

Isabela observava em silêncio, com ar de excitação e malícia.

"Meu, acho que não me estou a sentir bem", Lou disse de repente.

"O que queres insinuar?"

Lou instantaneamente caiu de joelhos. Alguns membros do Coven correram para agarrá-lo, mas ele começou a vomitar sangue antes que alguém pudesse alcançá-lo.

"Merda! Eu vejo o que está a acontecer agora. Esses filhos da puta também estão a tramar algo. Eles sabem o que estão fazendo. Parece que os subestimei mais do que deveria." disse Jonas.

"Cariño, vamos levá-lo ao hospital imediatamente", disse Isabella.

"Samuel ajuda aqui", acrescentou Jonas. E os dois carregaram Lou nos braços e dirigiram-se ao carro para levá-lo ao hospital. "Estaremos logo atrás de vocês", disse ele.

"Isso está a ir longe demais", disse Ralph enquanto se preparavam para segui-los até o hospital. "Eu não quero perder os meus amigos."

"É por isso que não podemos parar agora. Temos que nos vingar daqueles idiotas da "Hidden Hand", Isabella insistiu.

"Eu sei, mas agora dói muito", disse Jonas. "Ter membros do meu Coven atacados assim."

"Mas quem começou? Fomos nós", disse Ralph, parecendo um pouco cauteloso e inseguro se deveria ter dito o que acabou de dizer. Ele piscou nervosamente enquanto olhava para Jonas e Isabella para ver as suas reações.

"Cala a boca! Agora não é hora de ter uma crise de consciência." Jonas retrucou. "Não existe bem ou mal, apenas circunstâncias."

— Eu sei, mas não se também estivermos a perder os nossos homens, Jonas — implorou Ralph, esperando convencer o seu líder. De alguma forma, ele sabia que era uma perda de tempo, e Isabella só poderia fazer Jonas mudar de ideia. Mas do jeito que estava, ela estava atrás dele, mais forte do que nunca.

A tensão crescia entre o Coven enquanto Jonas olhava para Lou. Foi rapidamente interrompido quando ouviram um grito dos dois levando Lou para o hospital.

"Lou!" A voz de Samuel era alta como um lamento enquanto ele gritava.

Jonas correu para eles imediatamente, e o resto do Coven, incluindo Isabella, seguiu-os.

"Vamos levá-lo rápido para o hospital agora!"

Todos eles correram para carros diferentes e partiram em três deles. Jonas e Ralph estavam no mesmo carro com Lou, e Samuel dirigia o carro. Isabella ficou para trás com alguns outros membros femininos do Coven.

"Anda rápido!" Ralph insistia com Samuel a cada segundo enquanto se dirigiam para o hospital. Eles estavam prestes a chegar ao hospital com Lou quando ele desmaiou.

"Lu!" Ralph gritou a plenos pulmões. Lou respirou fundo e estendeu a mão antes de soltar o seu último suspiro com sangue pingando da boca.

"Foda-se, Lou! Não faças isso; não morras..." Ralph divaga de dor ao ver o amigo a morrer. Lágrimas escorriam dos seus olhos pelas suas bochechas.

Jonas balançou a cabeça e fez uma reverência, notavelmente abalado.

Ralph virou-se para Jonas e disse: "As pessoas estão a morrer, Jonas. Isso está a ficar sério. As pessoas estão a morrer!"

Jonas nem respondeu, tentando disfarçar o vazio que sentia. As enfermeiras abordaram o carro com uma maca. Eles levaram o corpo para dentro, mas todos sabiam que estava acabado. Lou estava morto. Eles haviam acabado de perder um amigo muito importante e membro do seu Coven.

O telemóvel de Jonas toca. Ele pegou e viu que era Isabella. Jonas contou-lhe a triste notícia.

"Oh, querido," Isabella disse, "Perdemos o nosso amigo, Lou." Ela acrescentou com uma voz triste.

Capítulo 3

No dia seguinte, no jornal, todos viram a notícia, inclusive todos do Coven "Hidden Hand".

"Não acredito que John e Wilbour realmente morreram", disse Penelope, com uma expressão amarga no rosto.

Depois que ela veio ao Coven com a notícia ontem, eles foram descobrir o que realmente aconteceu, e os seus corpos foram encontrados na margem do rio.

Todos os membros abraçaram-se com o coração triste e pesado. Cedric, Emma, Leonard, Evelyn e o resto do Coven estavam presentes. Foi um dia triste para o Coven, perdendo dois membros. Eles estavam todos tão zangados com Jonas e o seu Coven por fazer isso com eles. Mas agora, eles consolaram um ao outro pela sua perda.

"Olha, parece que Lou, um membro do Jonas Coven, também morreu", disse Cedric para a sua namorada, Emma. Ele segurou o jornal e relatou.

"Sério?" Emma perguntou. "E do nosso Coven, era Wilbour e John num estranho acidente de carro; não pode ser uma coincidência," Emma disse com um ar de preocupação.

"Ah, mas foram eles que começaram, e devemos continuar a derrubá-los custe o que custar, ou mais alguns de nós possamos morrer, incluindo tu e eu!" Disse Cedric.

"Mas..." disse Emma, porém Cedric interrompeu-a antes que ela pudesse falar mais.

"Mas o quê? E se algo acontecer com mais de nós, incluindo eu ou tu? Eu não quero perder-te, querida", disse Cedric. "Nem quero perder mais nenhum membro deste Coven."

"Eu entendo", disse Emma. "Bem, querido, eu vou trabalhar na loja", disse Emma, saindo. Ela tinha um escritório de cartomancia e aconselhamento espiritual na sua loja esotérica.

"Ok, amor, eu também estou a ir para o templo Coven", acrescentou Cedric, as suas palavras revelando o seu próprio destino para o dia. Com um senso de propósito, ele preparou-se para a jornada à frente.

A viagem durou cerca de 15 minutos de carro. Ao chegar ao local, Cedric viu velas negras, galinhas negras e sangue derramado nas portas do seu templo.

A frustração de Cedric veio à superfície, a sua irritação evidente nas suas palavras. "Oh, agora foda-se", murmurou baixinho, o seu tom uma mistura de exasperação e indignação.
"Isso já pode ser considerado vandalismo, vou fazer uma denúncia." Decidiu com firmeza, a sua determinação inabalável enquanto pegava o telemóvel.

Ligou para a polícia e prestou queixa.

Após quarenta minutos, dois agentes estavam no local, recolhendo provas. Cedric observou enquanto eles recolhiam evidências meticulosamente, a gravidade da situação tornando-se mais aparente a cada momento que passava.

"Parece que fez alguns inimigos, Sr. Cedric", comentou um dos agentes, num tom que misturava curiosidade profissional e simpatia. "Tem alguma suspeita sobre quem pode ter feito isso?" Perguntaram, com o olhar fixo em Cedric como se buscassem uma visão do motivo por trás do ato.

A mente de Cedric disparou, considerando a sua resposta cuidadosamente. Se ele revelasse toda a extensão das suas suspeitas e rivais, isso poderia levar a mais complicações e perguntas. Ele decidiu uma abordagem comedida.

"Bem, sabe, Sr. Agente, eu tenho uma loja esotérica e um culto religioso, então normalmente eu tenho competição, oponentes, digamos," explicou, as suas palavras carregando um tom de indiferença que mascarava as tensões mais profundas em jogo.

"Entendo", reconheceu o agente Curtis, a sua expressão pensativa enquanto processava a explicação de Cedric. "Isso pode configurar um ato de vandalismo de propriedade e crime contra os animais", continuou, a sua voz carregando um peso profissional.

"Mas não pode registar uma queixa contra estranhos, pode? Então tem alguma suspeita?" Ele investigou mais, procurando descobrir qualquer pista que pudesse ajudar na investigação.

Cedric considerou a sua resposta cuidadosamente, os seus pensamentos correndo para encontrar um equilíbrio entre transparência e discrição. "Talvez outro grupo oculto?" Sugeriu, o seu tom tingido com uma pitada de curiosidade.

"Existe um Coven conhecido chamado Nightshadow Dew, por exemplo," disse, as suas palavras cuidadosamente escolhidas para parecer que ele compartilhava informações sem revelar muito do seu próprio conhecimento.

"Ok." O agente Curtis assentiu, a sua expressão séria.

"Vamos investigar," concluiu, as suas palavras carregando um senso de determinação. Quando os agentes começaram o seu trabalho, Cedric teve que lidar com a perceção inquietante de que as tensões dentro da comunidade ocultista haviam se transformado em atos tangíveis de vandalismo e confronto.

"Oh! Sr. Cedric, também estamos a investigar o acidente de carro envolvendo os seus amigos Wilbour e John", acrescentou o agente.

"A investigar? Mas não foi um acidente terrível?" Cedric perguntou, o seu tom marcado por uma mistura de confusão e preocupação. A suposição era de que o incidente foi um acidente trágico, mas infeliz na estrada.

"Estamos a investigar, Sr. Cedric", confirmou o agente, as suas palavras acompanhadas por um aceno de cabeça do seu colega. "Após ler os primeiros relatórios, concluímos que as circunstâncias do acidente não são claras o suficiente para considerá-lo um acidente."

O rosto de Cedric ficou pesado. Claro, ele sabia que não foi um acidente. Jonas e o seu Coven tinham feito alguma magia maligna para causar o acidente, mas ele estava surpreso de que a polícia também soubesse disso. Decidiu descobrir exatamente o que eles sabiam.

"Não entendo, sr. agente," disse Cedric, parecendo genuinamente confuso. "O que quer dizer com as circunstâncias do acidente não estão claras?"

A resposta do agente foi clínica, as suas palavras revelando uma análise mais profunda que havia sido realizada.
"Os relatórios da autópsia foram divulgados e as duas vítimas, principalmente o motorista, estavam perfeitamente saudáveis antes do acidente. Eles não estavam numa curva e a perícia disse que não pareciam estar em alta velocidade, dado o impacto da sua aterragem.

Então, ficamos a imaginar. Como eles poderiam ter desviado de forma tão aguda quando não era um problema relacionado à saúde ou direção imprudente?"

Cedric entendeu. A polícia montava o puzzle e, embora não tivesse todas as respostas, a investigação começava a ligar os pontos. O envolvimento de Jonas e o seu Coven tornava-se evidente, mesmo para aqueles fora do mundo oculto. Mantendo o seu fingimento de confusão, Cedric soltou um suspiro contemplativo.

"Entendo o seu ponto, agente. Então, o que acha que realmente aconteceu e o que podemos fazer a respeito?" Perguntou, as suas palavras misturadas com um senso de curiosidade e preocupação.

"Bem... Tem que deixar isso connosco." Respondeu o agente, o seu tom carregando uma nota de segurança profissional. "Continuaremos a nossa investigação e informaremos se houver algum novo desenvolvimento que precise saber."

"Tudo bem, agentes. Obrigado pelo vosso tempo." Agradeceu e eles partiram.

Cedric não pôde deixar de questionar-se se a polícia tramava alguma coisa. Eles podem não gostar de bruxaria e coisas do género, mas a polícia não era estúpida. Ele estava ansioso para ver o que aconteceria a seguir.

De volta a casa, Emma lançou as cartas novamente - Morte, o Diabo e a Torre continuaram a aparecer, todos maus presságios. O Diabo significava inimigos ocultos e más influências, mas também algum hábito ou sentimento de ressentimento que os aprisionava.

A Torre significava que algo iria desmoronar, e tudo parecia estar a desmoronar. Pode subir de novo, mas vai demorar muito. Morte nem sempre significa "morte". Pode significar algo a terminar repentinamente, algo mudando muito ou alguém ficando doente. Mas a verdade é que pessoas já morreram - Wilbour e John do seu Coven e Lou do outro lado.

Emma recuou para um estado de transe, os seus olhos revirando.

Cedric, a sua preocupação evidente nas suas sobrancelhas franzidas e no aperto firme com que a segurava, a observava com uma mistura de preocupação e cuidado.

"De novo, amor?" A voz de Cedric carregava uma nota de terna preocupação; as suas palavras foram misturadas com um desejo genuíno de entendê-la e apoiá-la. Enquanto o corpo dela tremia no que pareciam espasmos, ele segurou-a perto, o seu abraço, uma âncora reconfortante no meio às correntes tumultuadas que pareciam estar a correr por ela.

Nas profundezas do seu transe, uma voz emergiu, a sua ressonância espessa e em camadas, como a convergência de várias entidades falando em uníssono. O tom metálico que ecoou criou uma sinfonia sinistra, como se as próprias palavras estivessem a ser extraídas das profundezas de algum túnel metálico.

"Esta guerra entre os vossos Covens foi decidida no plano espiritual muito antes", declarou a voz, as suas palavras carregando um peso que ressoou com autoridade antiga. "Uma guerra entre as entidades que vos governam, e essa guerra espiritual entre as entidades se estendeu até vós.

"Quem é você? Qual é o seu nome? Tenta ajudar-nos e aconselhar-nos, ou é uma dessas entidades negativas?"

As palavras de Cedric saíram em rápida sucessão, a sua voz uma mistura de urgência e determinação. A necessidade de entender a natureza dessa entidade e as suas intenções era fundamental para a segurança do seu Coven e o equilíbrio do seu reino espiritual.

Mas tão rapidamente quanto a entidade emergiu, ela recuou, a sua presença desaparecendo nas sombras etéreas. O transe de Emma dissipou-se, os seus olhos abriram-se enquanto ela retornava ao reino dos vivos.

"Sinto tonturas", admitiu, a sua voz carregando o resíduo do seu encontro com a força enigmática. "Acho que estou com dor de cabeça."

Cedric assentiu, o seu olhar fixo nela com uma mistura de alívio e curiosidade. "Ficaste ausente de novo.". Ele disse-lhe, as palavras carregando um peso de observação e preocupação.

"Não me lembro do que aconteceu. Voltei a canalizar aquela entidade, não voltei?" A pergunta de Emma pairou no ar, a sua incerteza refletindo a complexidade da situação. O seu coração disparou com uma mistura de ansiedade e sede de compreensão.

"Sim, a entidade diz que essa guerra começou no plano espiritual e que estamos todos sendo manipulados por espíritos rivais entre Covens, eu acho." Disse Cedric.

"Vou ligar à Evelyn e Penelope; vou tomar um café com elas e contar tudo. Talvez elas possam ajudar-me e contar-me o ponto de vista delas", disse Emma ao Cedric.

"Boa ideia. Vais ficar bem? O que posso trazer-te?". Perguntou.

"Vou ficar bem. Já aconteceu antes, e não acho que será a última vez. Precisamos encontrar uma maneira de entender o que está a acontecer. Apenas água estará bem por agora", ela disse.

"Ok. Vou buscar uma água para ti."

Mais tarde, no café "Mammoth Expresso", Evelyn já esperava por Emma numa mesa. Emma tinha ligado para ela e Penelope para se encontrarem no café.

"Então, Penélope?" Emma perguntou, carregando uma nota de curiosidade.

A resposta de Evelyn continha uma pitada de reserva. "Oh, ela disse que não poderia vir," revelou, o seu tom acompanhado por uma mudança sutil na sua expressão. "Sabes, eu não tenho um bom pressentimento sobre ela," continuou, as suas palavras desdobrando-se com uma mistura de franqueza e desconforto.
"Não sei, mas sinto que não posso confiar nela e, às vezes, tento ter visões sobre ela e descobrir mais, mas nada surge. Ainda assim, sinto esse tipo de vibração negativa quando se trata dela.".

"Hmmm, achas que ela não é confiável?" Emma refletiu, em voz alta, a sua intriga evidente enquanto tentava compreender as complexidades dos instintos de Evelyn.

"Não sei, Emma", admitiu Evelyn, com uma mistura de incerteza e frustração.

"De qualquer forma, ela não está aqui agora", afirmou Emma com naturalidade, o seu tom mudando para um foco e seriedade. Ela inclinou-se ligeiramente para frente, o seu olhar fixo em Evelyn.

"Sabes, hoje eu canalizei aquela entidade novamente," ela começou, a sua voz baixa como se compartilhasse um segredo. "O espírito disse que essa guerra entre os Covens começou no plano espiritual e que estamos a ser manipulados."

A revelação fez com que os olhos de Evelyn se arregalassem ligeiramente, despertando o seu interesse. Ela inclinou-se, absorvendo as palavras de Emma com uma mistura de curiosidade e contemplação. "É mesmo possível?" Questionou, o seu tom tingido com uma mistura de admiração.

"Esses espíritos das trevas poderiam ter nos atacado diretamente?" Evelyn fez outra pergunta, os seus pensamentos claramente correndo enquanto ela tentava juntar as peças do puzzle da sua situação.

"Estou a tentar descobrir isso," Emma admitiu com um suspiro, os seus dedos traçando um padrão na mesa como se procurasse por respostas. "Mas, por outro lado, Jonas ameaçou-nos no bar, então é natural que ele seguisse essa ameaça com um ataque espiritual." Especulou, a sua voz refletindo a incerteza que coloria os seus pensamentos.

"Mas então, conforme o que o espírito tentou dizer-nos, tudo pode estar sob a influência desses espíritos", disse Evelyn.

"Sim, talvez," Emma concordou. "Mas não sabemos nada com certeza por enquanto. Eu só precisava contar-vos para que todos pudéssemos saber o que procurar. As pessoas estão a morrer e não podemos permitir que isso continue."

"Estás certa. Devemos considerar todas as possibilidades. Estarei atenta, prometo."

Quando Emma voltou para casa, viu que Cedric havia acendido algumas velas no altar para que os Loa fornecessem proteção. Emma foi ter com ele.

A conversa com Evelyn ecoou nos seus pensamentos enquanto ela contava para Cedric, a sua voz carregando a mistura de incerteza e preocupação que havia marcado a sua troca.

"Penelope não apareceu, e Evelyn acha que ela não é confiável," Emma resumiu, as suas palavras combinadas com uma mistura de contemplação e cautela.

A surpresa de Cedric ficou evidente ao absorver a informação. "Sério?" respondeu, o seu tom refletindo o seu próprio espanto com a ideia. Após um momento de consideração, ele admitiu: "Bem, eu sei pouco sobre ela, na verdade".

O olhar de Emma continha uma mistura de seriedade e um pedido de compreensão. "Querido, se todos nós estamos a ser influenciados por espíritos como marionetas num jogo, talvez possas tentar falar com Jonas," sugeriu, a sua voz imbuída de uma urgência suplicante.

"Poderíamos evitar que mais pessoas morram de ambos os lados", acrescentou ela, a gravidade da situação, dando às suas palavras um peso que ressoou profundamente.

Houve uma longa pausa antes de Cedric responder.

"Vou tentar", disse. O seu tom era uma mistura de determinação e o peso da responsabilidade.

"Ainda tens o número dele?" perguntou Emma.

"Não, mas vou perguntar a um rapaz que conhecemos em comum, Miguel." Cedric respondeu, a sua vontade de estender a mão para Jonas evidente na sua resposta.

"Ok. Ótimo," Emma reconheceu, a tensão nas suas feições dando lugar a um vislumbre de alívio.

No meio da sua contemplação, o telemóvel de Cedric tocou, a chamada inesperada, mas não totalmente surpreendente. Era o detetive de polícia, agente Curtis, na linha, a sua voz carregada de uma seriedade que cortava o ar.

A mente de Cedric disparou, a gravidade da situação caindo sobre ele como uma pesada mortalha. "Obrigado, agente Curtis", ele respondeu após um momento de contemplação. "

Continue a informar-me sobre a situação, dependendo do que descobrir", acrescentou, a sua voz carregando uma mistura de gratidão e uma demanda subjacente por respostas.

Quando a ligação terminou, o peso da sua realidade pairava pesado no ar, a convergência do espiritual e do tangível criando uma tapeçaria de incerteza que se estendia diante deles.

No espaço tranquilo da sua casa, cercados pelo brilho suave de velas, Cedric e Emma compartilharam um olhar que dizia muito - uma afirmação silenciosa da sua determinação de navegar nos mares tempestuosos que se aproximavam.

Capítulo 4

Naquela noite, Cedric encontrou Jonas no "Bombay Club". Ele ligou para ele assim que conseguiu o número pelo Miguel. Jonas primeiro soou como sempre ao telemóvel, tentando ser um idiota. Mas quando percebeu que Cedric estava a falar sério sobre a reunião, começou a ver as coisas de maneira diferente, então eles finalmente concordaram em encontrar-se no "Bombay Club".

Enquanto os dois se encaravam do outro lado da mesa, os seus olhares presos numa silenciosa batalha de vontades, as melodias de jazz que flutuavam no ar pareciam enfatizar a tensão entre ambos. A determinação de Cedric era palpável, uma determinação que transcendia a animosidade deles, enquanto a arrogância de Jonas era usada como uma armadura, uma fachada que ele usava com sutileza calculada.

"Então, sobre o que querias falar? Sabes que eu não gosto muito de ti", disse Jonas num tom arrogante, falando mais alto que o jazz ao fundo.

"Bem, eu também não simpatizo contigo", retrucou, o seu tom medido e direto. "Mas notaste que as pessoas morreram em ambos os lados agora?" As suas interações. "Para quê? Realmente tiveste tempo para considerar o que exatamente está a acontecer?"

A bravata inicial de Jonas vacilou, a sua expressão mudando quando a gravidade das palavras de Cedric começou a penetrar na sua consciência. "O que queres dizer? Eu sei o que está a suceder." Ele respondeu, uma pitada de defesa rastejando no seu tom.

"Estás com ciúmes do que consegui com o meu Coven, sem a tua ajuda. E pretendes derrubar-nos. Isso é exatamente o que está a acontecer entre nós", acrescentou ele, pontuando as suas palavras

45

com um sorriso selvagem e autossatisfeito que pairava no limite da arrogância.

O olhar de Cedric permaneceu inflexível, um espelho das complexidades que corriam sob a superfície da sua rivalidade.
"Eu sei que não tens profundidade de compreensão e discernimento," ele começou, a sua voz firme mesmo quando ele reconheceu as suas diferenças.

"Mas vou dizer isso de novo pelo bem do teu povo e do meu. Considera por que eu viria aqui para te ver se não há um elemento de estranheza no que está a acontecer?"

A semente da dúvida parecia encontrar terreno fértil dentro da mente de Jonas — uma centelha de incerteza que dançou nas suas feições. "Hmm... o que estás a insinuar?" Perguntou, a sua arrogância momentaneamente reprimida por um senso de curiosidade.

Cedric aproveitou a oportunidade, a sua voz carregando uma mistura de urgência e sinceridade. "Acho que ambos os nossos Covens estão a ser manipulados por alguns espíritos das trevas," declarou, as suas palavras pesadas com o peso de uma revelação que transcendeu a sua animosidade.

"Queres que o mal venha para ti e Isabella?" Perguntou incisivamente. "Eu não quero que isso chegue até mim ou à Emma, então temos que fazer algo a respeito".

Jonas riu alto e disse: "Eu quero que vocês se fodam. Eu não dou a mínima. É só isso que querias falar? Tréguas?" Disse Jonas. Retrucou, a sua voz estalando como um chicote no ar. A sua bravata voltou, a sua armadura fortalecida, enquanto ele rejeitava as palavras de Cedric com desafio descarado.

"Entendo; não posso falar contigo. Foi um erro", admitiu Cedric.

"É, acho que foi", disse Jonas, levantando-se.

"A polícia está a investigar, parece que o carro do nosso amigo foi sabotado. Pensei que vocês só faziam bruxaria? Também sabotam veículos e matam pessoas agora?" Perguntou Cedric.

"Não temos nada a ver com isso", disse Jonas. E foi embora.

Cedric tentou segui-lo, na esperança de soltar uma última palavra e ferir o seu ego. Então ele percebeu rapidamente que Jonas havia encontrado uma moça no final da rua. Ele aproximou-se e descobriu que era a Penelope.

"Mas por que essa cabra fala com ele?" Cedric questionou.

Imediatamente, sem hesitar, ligou para Emma, que já estava em casa.

"Amor", começou ele, "a conversa não foi boa. Com a atitude de merda que o Jonas tem, já sabes, mas imagina quem eu vi conversando com ele na rua?" Perguntou Cedric.

"Quem?" perguntou Emma do outro lado da linha, curiosa.

"Penelope", disse Cedric, soltando a bomba.

"Ah, sim? Bem, Evelyn disse que não confiava muito nela. Acho que não deveria surpreender-me," disse Emma.

Cedric virou-se e viu Penelope entrar no carro de Jonas.

"Olha, ela entrou no carro dele!" Disse.

"Sério? Não acredito que essa porca nos traiu", disse Emma, parecendo genuinamente desapontada.

"Vou encontrar-te em casa em breve, amor. Estou a caminho", disse Cedric.

Chegando em casa, Cedric ouviu o barulho da água do chuveiro. Emma tomava banho. Ele decidiu juntar-se a ela.

Emma corou ao vê-lo entrar no duche.

Cedric brincou com ela: "Vamos esfregar esse teu corpinho com um banho de lavagem com ervas mágicas para purificar e proteger", disse Cedric.

"Boa ideia", disse Emma, sorrindo e abraçando-o com força no banho.

No dia seguinte, Emma encontrou Evelyn e elas decidiram procurar por Penelope.

"Sabes onde ela trabalha, certo?" Perguntou Emma.

"Sim, ali na biblioteca", disse Evelyn.

"Vamos esperar aqui na rua. Está quase na hora dela fechar. São 17h30; vamos esperar um pouco." Emma disse.

Após cerca de cinco minutos, eles tiveram um vislumbre de Penelope saindo pela porta da biblioteca.

"Vamos segui-la e ver para onde ela está a ir", sugeriu Evelyn.

"Bem, isso não significa que vamos encontrar algo suspeito. O dia é longo, e ela pode ter feito o que queria antes. Ou ela pode nem ter planeado fazer nada suspeito hoje. Mas devemos segui-la e descobrir", disse Emma.

Curiosos, ambos seguiram Penelope à distância. Seguiram-na pela "Napoleon Avenue" por alguns minutos, e então ela parecia ter atendido um telefonema. Aproximaram-se e esconderam-se para poderem ouvir as conversas claramente.

"Sim? Podes ter certeza de que vou pegar os pertences pessoais deles quando eu for para o Coven. Vou dizer-te." Penelope disse isso e desligou.

"Ouviste aquilo?" Emma perguntou a Evelyn, escondendo-se atrás de um arbusto num canteiro de flores.

"Sim, ouvi. Embora eu suspeitasse dela, não posso acreditar que ela está realmente a trair-nos pelas costas assim", disse Evelyn. "Foi ela quem pegou os nossos objetos pessoais e ligou-nos energeticamente ao Coven de Jonas."

"Temos que contar a todos", disse Emma.

As duas seguiram a pé, voltando para o estacionamento. Chegando ao carro de Emma, ela convidou Evelyn para ir para casa com ela. Eram apenas as duas no carro enquanto voltavam para casa, desapontadas e um pouco irritadas com o que acabaram de ver.

Quando chegaram em casa, Emma imediatamente começou a conversar com Cedric. Ela mal podia esperar para compartilhar com ele o que tinham acabado de ver.

"Amor onde estás?" Emma perguntou, procurando por ele além da sala de estar.

"Meu Deus!" Emma gritou quando viu Cedric desmaiado no chão. "Vem ajudar-me, Evelyn.". Gritou, o seu pedido de ajuda sublinhado por uma sensação palpável de pavor.

Evelyn ao lado de Emma, a sua presença uma âncora reconfortante no meio ao caos que se desenrolava. Juntas, embalaram Cedric, estendendo as mãos para ele num gesto de apoio e preocupação. Lentamente, o véu da inconsciência ergueu-se, e Cedric começou a mexer-se, os olhos abertos trémulos.

"Estás bem, querido?" Emma perguntou: "O que aconteceu?". Ela perguntou, a gravidade da situação exigindo respostas.

As habilidades intuitivas de Evelyn entraram em ação quando ela colocou as mãos em Cedric, canalizando energia de cura. "Foi um ataque energético", Evelyn intuiu, as suas palavras ressoando com uma mistura de conhecimento e convicção.

Fechando os olhos, Evelyn procurou perfurar o véu que obscurecia a verdade, a sua mente buscando os eventos que levaram ao colapso de Cedric. Mas o vazio que a recebeu era de um cinza inquietante, uma barreira que frustrava as suas tentativas de obter insights.

"Algo está a tentar impedir-me de ver, interferindo com as minhas visões", confessou, a sua frustração palpável ao compartilhar a sua luta para entender a situação. "Vejo figuras, espíritos das trevas", acrescentou ela, a gravidade da sua visão lançando uma sombra sobre a sala.

Cedric, reunindo a sua força e determinação, levantou-se, a sua determinação não intimidada pelas forças sinistras que tentaram enfraquecê-lo.

"Baron Samedi, grande mestre, proteja-nos", invocou, as suas palavras carregando uma ressonância de poder e reverência.

"Temos que contra-atacar. Porque no nosso medo, outros veem oportunidades", declarou Cedric, a sua voz um apelo à ação. "Vamos reunir todos. Operaremos com inteligência e silêncio", instruiu, a sua liderança emergindo como uma luz guia em meio à escuridão crescente.

As palavras de Emma adicionaram outra camada ao tumulto que se desenrolava. "Ok. Mas descobrimos que Penelope conspirava contra nós o tempo todo. Acontece que estavas certo. Nós seguimo-la", revelou, a revelação pontuando a sala com um choque de traição e realização.

"Aquela vaca!" A exclamação de Cedric reverberou, a sua raiva um testemunho da profundidade da traição que se desenrolou entre eles.

"Que o diabo corte os pés dos nossos inimigos para podermos reconhecê-los pelo seu mancar", bradou Evelyn.

No coração da sua casa, travava-se uma batalha — uma batalha que transcendia os limites do mundo físico e mergulhava profundamente nos reinos do espiritual. Com Cedric, Emma e Evelyn no centro dessa tempestade, o palco estava montado para um confronto que testaria os seus laços, desafiaria as suas crenças e desenterraria os segredos que jaziam envoltos na névoa de mistério e suspense.

Mais tarde, a entrada de Penelope no templo foi recebida com um mar de olhares de desaprovação, os olhares acusadores dos membros do Coven como punhais apontados para a sua consciência. Ela viu-se no epicentro de uma tempestade, enfrentando a ira daqueles que ela havia traído.

"Então, traidora, ainda vens aqui?" A voz de Emma cortou o ar, cada palavra um chicote de acusação que reverberou com o peso das revelações que vieram à tona.

"Traidora? Eu? Por quê?" Perguntou, tentando soar e parecer inocente, sem saber que tinha sido pega em flagrante.

O olhar de Cedric fixou-se nela, e a sua voz tinha um tom baixo e fervente de desapontamento e raiva. "'Sim, nós sabemos tudo o que fizeste", começou, as suas palavras soando como uma sentença pronunciada por um juiz.
"E nós sabemos que tens encontrado Jonas pelas nossas costas e que estás a conspirar contra nós."

Uma breve pausa pairou no ar, um momento suspenso no qual a tentativa de Penelope de inventar uma defesa vacilou.
"Mas..." ela começou, apenas para ser interrompida pela voz resoluta de Evelyn.

"Não adianta dizer nada, Emma, e eu vi-te entrar no carro dele," Evelyn interveio, o seu tom era uma mistura de desprezo e reprovação, as suas palavras como um martelo que caiu sobre a credibilidade de Penelope.

A verdade pairava pesadamente no ar, uma admissão palpável que deixou Penelope a lutar para encontrar as palavras. Ela agarrou-se a meias verdades e desculpas, a sua voz tensa enquanto tentava manter a ilusão de inocência. "Ele estava a chantagear-me e..."

A sua voz falhou, a fraqueza da sua explicação refletindo a extensão do seu desespero.

"Não fales baboseiras", disse Leonard.

Penélope começou a chorar. Ela começou a confessar: "Eu já conhecia o Jonas há muito tempo, e tinha uma paixão muito grande por ele, mesmo ele estando com a Isabella. Tínhamos um caso e às vezes..."

A voz de Cedric era uma mistura de raiva e desgosto quando se dirigiu a ela. "Traíste-nos! Pessoas morreram! Certamente forneceste a Jonas os nossos itens pessoais."

Com lágrimas de crocodilo, Penelope implorou por perdão, a sua voz cheia de desespero e remorso. "Perdoem-me", implorou, as suas palavras um apelo desesperado diante da devastação que havia causado.

Em meio ao caos da confissão de Penelope e a resposta do Coven, uma nova presença começou a fazer-se conhecida. Os sentidos de Evelyn vibraram com uma energia que chegava, uma consciência sinistra que se desenrolou como tentáculos de sombra.

"Eu sinto alguém vindo aqui," ela murmurou em meio ao tumulto, as suas palavras tingidas com um pressentimento.
"Sinto uma presença", continuou ela, com a voz trémula enquanto desvendava a verdade. "É... É Jonas e os outros, do Coven Nightshadow Dew," ela revelou, as suas palavras, um anúncio que anunciava a chegada de outra tempestade no horizonte.

Nesse momento, houve uma batida forte na porta. Cedric foi rapidamente verificar quem era.

A voz incrédula de Cedric misturada com amargura ecoou pela sala: "Sim, são eles! O que querem aqui idiotas?" As suas palavras estavam carregadas de raiva latente, uma personificação do conflito que os dividiu.

"Apenas fale." As palavras de Jonas eram um apelo que ocultava uma tendência oculta de urgência. O seu comportamento parecia ter mudado de arrogância para algo mais complexo, uma admissão sutil de que a situação havia escalado além do seu controle.

Mas a voz de Emma carregava uma tempestade própria, as suas palavras pontuando a atmosfera carregada com um sentimento de traição e acusação.

"A tua amiga traidora, Penelope, está aqui," gritou, a sua voz carregando um peso de desdém e deceção.

O olhar de Jonas voltou-se para Penelope, que parecia encolher sob o peso da condenação coletiva. As suas palavras eram enigmáticas, um labirinto de manipulação que falava de planos ocultos e manobras calculadas.

"Cada pessoa é um quebra-cabeça de necessidades", afirmou, o seu tom uma mistura de condescendência e arrogância.

"Terás que intuir quais necessidades eles sentem e se tornar a peça essencial, e assim eles estarão sob o teu controlo".

"Quando a mente é cega, os olhos são insignificantes", refletiu Evelyn, as suas palavras um comentário enigmático sobre a complexa teia de manipulação que parecia enredar os presentes.

No meio ao turbilhão de emoções e confissões, a presença de Emma mudou de repente, o seu comportamento mudou como o lançamento de uma moeda. A entidade que ela canalizava alcançou-a mais uma vez, o seu corpo um recetáculo para uma voz que emanava de além do reino dos vivos.

"Preparem-se, haverá guerra", declarou a voz da entidade, o seu tom como o badalar de um sino distante, predizendo uma tempestade iminente.

Evelyn e Leonard agiram com rapidez e determinação, correndo para segurar a forma de Emma enquanto o aperto da entidade aumentava.

A sala estava carregada com a tensão do desconhecido, e os membros do Coven mantinham um delicado equilíbrio entre apreensão e determinação.

A frustração de Cedric era palpável, a sua voz ecoando pela sala enquanto ele lutava com o turbilhão de emoções e confusão que surgia dentro dele.

"Mas quem é essa voz? Identifique-se", exigiu, as suas palavras, uma manifestação do seu desejo de clareza em meio ao caos que envolvia o mundo deles.

No centro do templo, segredos e mistérios misturavam-se, e as sombras lançadas por conflitos externos e internos pareciam esticar-se e contorcer-se, criando um quadro de incerteza que pintava o futuro com matizes de perigo e oportunidade.

(continua)

Capítulo 5

"Eu sou Anima Sola.". Um arrepio pareceu percorrer a sala.

"Hmm... conheço essa entidade; já ouvi falar dela." As palavras de Evelyn carregavam uma mistura de admiração e cautela, a sua voz ressoando com o peso da sua sabedoria espiritual.

"Agora eu tenho que ir; entidades poderosas estão a caminho", disse o espírito, saindo. A partida do espírito foi tão abrupta quanto a sua chegada, deixando um vácuo de silêncio no seu rasto.

Jonas, que havia sido um pilar de arrogância e confiança, de repente viu-se vacilando, as pernas a tremer sob o peso de uma força invisível. "O que há? O que está a acontecer comigo?" A sua voz tremia com uma vulnerabilidade que era estranha ao seu comportamento habitual.

A explicação de Cedric trouxe uma aparência de compreensão para a situação que se desenrolava. "Deve ser porque colocámos pós-mágicos e terra de cemitério na rua, por onde as tuas pegadas passaram. É a magia da pegada (foot track magic)." A voz de Cedric carregava uma mistura de compreensão sombria e resolução.

Mas a sala logo se encheu com uma sinfonia desconcertante enquanto estrondos semelhantes a trovões distantes rolavam pelo ar. As luzes piscavam e dançavam erraticamente, lançando sombras que se moviam e somavam-se ao ambiente surreal.
A própria atmosfera parecia reverberar com uma energia sobrenatural, como se lobos astrais estivessem a uivar nos reinos invisíveis.

Com diferentes formas e figuras, surgiram várias entidades. Uma grande serpente; parecia Damballa. Vários Exús também apareceram. Até a Santa Muerte do ocultismo hispânico, o Baron Samedi do Vodu.

"Dios mio, la huesuda! La dama Poderosa!" Exclamou Isabella em espanhol. Ela também veio com Jonas e ficou silenciosamente atrás dele.

Os ecos da presença dos espíritos reverberaram no ar, as suas vozes ecoando como uma só. "Sou a Santa Muerte. Somos egrégoras que vocês veem energizando ao longo das décadas e em rituais. Nós alimentámo-nos das suas energias, mas precisávamos de mais, e alimentar uma guerra entre os dois Covens era o ideal." As palavras, ditas em uníssono, mas carregando tons únicos, carregavam o peso da verdade e da manipulação.

Enquanto a sala pulsava com a presença dessas entidades formidáveis, os membros do Coven ficaram em estado de choque e descrença. As revelações desenrolaram-se diante deles como uma intrincada tapeçaria tecida com fios de manipulação e poder. As palavras de Santa Muerte reverberaram no ar, entregando a verdade condenatória de que os seus Covens tinham sido peões num jogo cósmico maior.

"Vocês começaram a odiar-se e a fazer mais feitiçarias uns contra os outros, e o vórtice de energia aumentou", continuou.

O Baron Samedi, exalando um ar de autoridade real, continuou a narrativa.

"Mas somos entidades rivais umas das outras, e agora uma batalha espiritual acontecerá, escolham um lado," a sua voz carregava uma corrente de desafio, um lembrete severo das forças opostas que os manipularam para os seus próprios propósitos.

Mas, então a cena mudou diante dos seus olhos. Damballa, a serpente astral, começou a enrolar-se e mover-se com fluidez graciosa, envolvendo Santa Muerte no seu abraço. Os Exús, espíritos da astúcia e das encruzilhadas, manifestavam raios de fogo astral que disparavam com intensidade fulgurante, iluminando a sala com um brilho sobrenatural.

Enquanto isso, Santa Muerte, com a foice, corta astralmente a serpente Damballa em pedaços. Tudo se desenrolava como se fossem projeções holográficas no ar, e os ataques eram de forma energética.

Todos de ambos os Covens olharam horrorizados.

"Meu Deus!" Evelyn exclamou. As suas palavras foram carregadas com uma mistura de admiração e medo, refletindo os sentimentos de todos os presentes.

"Podemos fazer alguma coisa?" perguntou Emma. Os seus olhos dispararam entre a interação de forças. O desespero na sua voz era palpável, e a perceção de que eram espetadores de um confronto sobrenatural deixou-os impotentes.

As entidades, com as suas energias entrelaçadas numa dança de poder primordial, voltaram a sua atenção para os membros do Coven, dirigindo-se a eles mais uma vez.

"Vocês, humanos, nunca tiveram poder sobre nós; apenas fingimos ser cúmplices durante os rituais, mas seguimos a nossa própria agenda."

Cedric, com a mente correndo para encontrar uma solução, quebrou o silêncio tenso.

"Devemos evocar uma entidade mais poderosa do que todas essas! Esse é o único jeito." Os seus olhos buscavam uma maneira de romper o impasse que os envolvera a todos.

À medida que os membros do Coven aceitaram a decisão de evocar Lúcifer, um sentimento de unidade prevaleceu, deixando momentaneamente de lado as suas diferenças. Mesmo Jonas e Isabella, apesar do ceticismo inicial, reconheceram a urgência da situação e uniram-se ao círculo de invocação. A necessidade de uma força poderosa para combater as entidades malévolas uniu-os num objetivo comum.

"Sim, vamos evocar Lúcifer, o grande príncipe deste mundo, o poderoso arcanjo." A voz de Evelyn cortou a atmosfera carregada.

As suas palavras ressoaram com determinação, ressaltando a gravidade da sua intenção coletiva. A urgência das suas circunstâncias exigia que deixassem de lado as formalidades e prosseguissem rapidamente.

O grupo reuniu rapidamente as suas energias e focou as suas intenções, adaptando o seu ritual ao momento exigente. O espaço sagrado parecia zumbir com antecipação, como se o próprio ar estivesse carregado com a sua energia combinada.

"Ó grande Lúcifer, a estrela da manhã. Lúcifer in Excelsis. Glorioso Seja. Trabalhamos nas sombras para fazer a luz."

As palavras saíram das suas línguas em uníssono, reverberando pela sala. O poder da sua voz coletiva tinha uma qualidade dominante, invocando a presença daquele que procuravam.

Todos repetiram em uníssono: "Lúcifer in Excelsis".

"Lúcifer, venha e ilumine este mundo de escuridão e sofrimento. Ó poderoso Lúcifer, vem ao nosso chamado."
A voz de Cedric soou com autoridade, a sua energia entrelaçando-se com a dos outros.

E então, num momento de tirar o fôlego, um brilhante flash de luz irrompeu, banhando a sala com uma luminescência radiante. Era como se um sol celestial tivesse descido momentaneamente, afastando as sombras que permaneciam.

As outras entidades desmaterializaram-se ao sentir uma vibração maior que a deles. O poder da presença de Lúcifer parecia dispersá-las como névoa diante de um vento forte.

Com as energias a mudar, a voz de Lúcifer ressoou nas mentes dos membros do Coven.

"Muito bem, eles respeitaram a minha autoridade espiritual e foram embora; coloquei ordem na casa. Agora, em reciprocidade, espero que adorem apenas a mim. Como todos deveriam ter feito desde o início."

As suas palavras estavam imbuídas de autoridade régia, um lembrete da relação simbiótica em que haviam entrado.

"Claro, mestre", todos disseram.

"Canalizem a vossa energia apenas para mim; posso fornecer sabedoria, proteção espiritual e iluminação." A voz de Lúcifer ecoou nas suas consciências, as suas promessas ressoando com um poder sedutor.

"Que os fortes sejam abençoados e os fracos vítimas das suas próprias fraquezas!"

A proclamação de Lúcifer reverberou, um lembrete arrepiante da dualidade inerente ao seu domínio. A entidade que atendeu ao chamado exigia a sua lealdade e devoção, prometendo guiá-los através da escuridão enquanto também incorporava as duras realidades do poder e da hierarquia.

"Eu sou Lúcifer, Enki, Heylel; estou em tudo, e tudo está em Mim; sou o verdadeiro deus deste mundo, essência divina e incorruptível... faço da matéria e do movimento o espelho da minha consciência", disse.

Eles começaram a ouvir as sirenes da polícia. Lúcifer imediatamente se tornou invisível e discreto. Logo depois, o agente Curtis e outros dois entram.

"Que barulho foi esse? Há alguma luta a ocorrer aqui?" Perguntou o agente Curtis.

Como ninguém respondeu, o agente continuou: "Sr. Jonas, venha connosco. Agora sabemos que sabotou o sistema de travagem do veículo que John e Wilbour dirigiam."

"Mas eu não fiz nada", disse Jonas.

"Não adianta negar. Interrogámos um sujeito chamado Paul Weaver por várias horas; nós apertámos com ele com força e ele confessou quem o contratou."

"Querida, liga para o nosso advogado!" Jonas disse para Isabella enquanto eles o agarravam. Os agentes algemaram-nos e levaram-no.

"Cariño, não!..." Murmurou Isabella sem poder fazer nada.

As consequências do confronto deixaram a sua marca em todos os presentes, e o Coven do Cedric sabia que tinha que agir rapidamente para evitar que mais danos chegassem a eles. Isabella, o membro restante do Nightshadow Dew, foi aconselhada a sair antes que a situação piorasse ainda mais. Ela partiu, lançando um olhar desafiador; a sua partida marcou o fim de um capítulo amargo.

"Vete al carajo", disse ela, saindo.

Depois que ela saiu, Lúcifer tornou-se visível novamente. A sua forma etérea exalava uma sensação de poder e autoridade sobrenatural, um lembrete do pacto que eles haviam forjado.

"Para ter a minha proteção, trabalhem para mim."

A voz de Lúcifer ressoou, chamando a atenção. As suas palavras eram uma oferta e uma expectativa, um lembrete de que os termos da sua nova aliança exigiam reciprocidade.

Evelyn, nunca hesitando em fazer as perguntas pertinentes, expressou os pensamentos que fervilhavam nas suas mentes.

"Quer as nossas almas, não é?" As suas palavras pairaram no ar, carregando o peso da suspeita.

A risada de Lúcifer ecoou, enchendo a sala com uma ressonância sinistra.

"Acham que vão para o céu com as merdas que fizeram ao longo das vossas vidas?" retorquiu. As suas palavras foram um forte lembrete de que as escolhas e ações morais deles tinham consequências que iam além do reino terreno.

"O céu é uma ilusão e é um deserto. Na verdade, milhões de almas estão sempre a reencarnar, o ciclo de Samsara não para", esclareceu Lúcifer, a sua voz uma mistura enigmática de verdade e enigma.

As sobrancelhas de Evelyn franziram em contemplação, o peso das palavras de Lúcifer caindo sobre ela. Antes que alguém pudesse responder, a instrução de Lúcifer mudou a conversa para o caminho que estava por vir.

"Recrutem milhares de novas almas e membros para o Coven; expandam e abram novos templos, recrutem online, o que for necessário."

A diretiva de Lúcifer era clara. A própria essência da sua sobrevivência dependia da sua capacidade de reunir forças, fortalecer as suas fileiras e estender a sua influência.

Cedric, parado no centro da sala, absorveu as palavras de Lúcifer com determinação. "Se isso é tudo o que realmente precisa haver para ter a sua proteção, então o faremos", afirmou ele, a determinação queimando dentro dele.

O peso do desafio foi enfrentado com um forte compromisso de proteger o seu Coven e defender a sua nova aliança.

A forma de Lúcifer cintilou por um momento, um sorriso irónico brincando nos cantos do seu semblante etéreo.

"Foi assim que a Cientologia começou. A Maçonaria também me deve reverência." A sua voz carregava um ar de intriga, insinuando a intrincada teia de influência e poder que transcendia o reino terreno.

Com as suas palavras finais, a presença de Lúcifer começou a dissolver-se, deixando os membros do Coven lidando com as implicações das suas escolhas.

À medida que os ecos da sua partida perduravam, a sala parecia carregada de expectativa e trepidação. O seu caminho foi marcado pela incerteza, alianças forjadas nas sombras e um destino entrelaçado com as forças enigmáticas que governam o reino oculto.

Capítulo 6

Haveria uma guerra...

Emma continuou a murmurar durante a noite no seu estado febril enquanto os seus olhos rolavam na sua cabeça. Cedric ficou acordado a noite toda, lavando o corpo dela com água fria para manter a temperatura baixa. Ele temia por ela e, mais importante, pelo futuro de ambos.

O que acontecerá a seguir? Quem morreria a seguir? Com a polícia segurando Jonas, e o rival Coven fervendo de raiva, e Emma tendo esses estranhos espasmos, ele questionou-se o que aconteceria.

A tempestade estava lá fora por horas, e o trovão ecoava pela casa toda vez que um estrondo ressoava no céu. A eletricidade havia sido cortada há muito tempo. Parecia ameaçador, como se o mundo estivesse a acabar, e ele sabia que tinha que se preparar.

Os Covens ancestrais estão em guerra e, se ele não preparar o seu povo, pode ser catastrófico.

Cedric deitou-se ao lado de Emma, afagando-a e sussurrando palavras gentis para aliviar qualquer dor que ela estivesse a sentir. Ele amava-a e agora sentia-se terrivelmente incapacitado e impotente.

Cedric acordou com uma batida repentina na porta da sua casa. Ele correu para encontrar Penelope. Após o banimento, ele não achava que ela se atreveria a mostrar o rosto novamente, mas podia ver o desespero neles e, além disso, o fio de sangue que escorria do seu nariz tornava isso alarmante.

"Ele escapou!" disse a chorar. "Jonas escapou da prisão."

"O quê?!" Cedric era selvagem. Como poderia ser? Como? Possivelmente ele teve ajuda de aliados dentro da prisão.

As forças enigmáticas que guiaram as suas ações ainda estavam em jogo, e Jonas estava determinado a navegar no mundo labiríntico da política oculta e do poder nos seus próprios termos.

Cedric não podia confiar em Penelope, mas por que ela confiaria? O que ganharia? E por que ela não lhe contaria isso antes? Por que simplesmente não sair e esconder-se nalgum lugar no campo, onde ninguém o reconheceria?

A frustração de Cedric aumentou. Penelope também havia sido manipulada, um peão neste jogo maior. Ele queria sacudi-la, exigir respostas, mas sabia que não era assim que chegaria à verdade.

— Precisamos saber tudo. Quem são essas sombras? O que querem? E por que ajudaram Jonas a escapar?

Os lábios de Penelope tremeram, as lágrimas misturando-se com a chuva no seu rosto. "Eles... Eles querem o caos. Eles querem que os Covens se separem. Eles alimentam-se da energia do conflito, e prometeram poder a Jonas em troca da sua lealdade."

A mente de Cedric disparou. A tempestade lá fora intensificou-se, como se a própria natureza estivesse a reagir à escuridão que havia sido desencadeada. Ele não podia permitir que esse caos os consumisse e destruísse tudo pelo que haviam trabalhado.

A voz de Emma cortou o tumulto, a sua presença surpreendendo tanto Cedric quanto Penelope. "Ela é um cavalo de Troia."

"O que queres dizer?"

Os olhos de Emma tinham uma intensidade que Cedric raramente via.

"Eles usaram-na para se infiltrar nas nossas fileiras, para recolher informações e semear a discórdia. Penelope não era apenas uma vítima inocente; ela era um peão no jogo deles."

Evelyn, que teve tal visão, correu para a cena, ofegando ao chegar à porta onde Cedric estava de pé sobre Penelope enquanto ela tremia.

A mente de Cedric disparou, ligando os pontos. A aparição repentina de Penelope, o seu pânico, o traço de sangue. Tudo faz sentido agora. Ela havia sido enviada para entregar esta mensagem, para romper a sua união, para plantar sementes de dúvida e medo.

Evelyn imediatamente recitou alguns feitiços e curvou-se sobre a moribunda Penelope. Pela primeira vez, Cedric vê as emoções conflituantes no rosto de Evelyn. Ela sentia-se tão impotente quanto ele no dia anterior.

Evelyn não pôde ajudar Penelope. Ninguém poderia; este foi o primeiro sinal da batalha feroz. Penelope parou de mover-se e o seu corpo lentamente desintegrou-se em pó.

Evelyn olhou para Cedric com imensa tristeza nos seus olhos. Ela sentiu as lágrimas escorrerem pelo rosto ao perceber que uma parte dela poderia ter sentido algo por Penelope durante todo esse tempo.

"Precisamos avisar os outros!" ela disse, endurecendo-se.
Ela precisava preparar-se para a batalha como qualquer outra pessoa. Era inútil chorar por Penelope neste momento. A única maneira de obter justiça é vencendo.

"Jonas escapou. O seu Coven está a planear..."

Imediatamente, Cedric entrou em ação, chamando todo o seu povo para o antigo templo com a ajuda de Evelyn.

O adversário ia jogar sujo. Eles iriam liderar a guerra na vida de pessoas inocentes, e Cedric tinha que impedir isso primeiro. A última coisa que ele queria era ter mortes desnecessárias.

As pessoas morriam sem motivo, e esse era o cúmulo da mente sinistra da oposição. Ele precisa lutar contra eles de forma justa, embora não tenha certeza de como fazer isso porque não sabe como eles agirão.

Imediatamente, todo o Coven reuniu-se no antigo templo e começou a entoar encantamentos, chamando o diabo para ajudá-los. Embora esta não fosse uma batalha que eles começaram, esta seria uma batalha que terminariam.

"Precisamos de um sacrifício." Disse Evelyn enquanto fechava os olhos e começava a concentrar-se.

— Se não pegarmos Jonas e o obrigarmos a submeter-se pacificamente, todos vão magoar-se. Ele deve viver, ou haverá consequências.

Mas isso estava além da submissão. Jonas havia escolhido lutar uma batalha ancestral e não pararia até que todos fossem queimados. Ele tem Isabella com ele. Ela tem poder e influência, e é apenas uma questão de tempo até que o inferno se abra.

"Farei isso", disse Emma, entrando no meio do círculo que eles haviam criado e começando a despir-se. Para agradar o diabo, deves estar na tua forma absoluta, e a forma absoluta dela era a sua nudez e alma.

Cedric investiu contra ela, parando-a.

"Que diabos estás a fazer?!" Ele parou-a, puxando o roupão dela ao redor. "Estás louca?"

"Não há outro caminho." Ela sorriu tristemente. "Preciso submeter-me a ele; deixa-o levar-me para que ele possa dar-te toda a redenção.

"És louca!" Bradou para ela. "Nós vamos lutar e vamos vencer. Não há nenhuma hipótese de eu desistir de ti, nunca!"

Evelyn continuou a cantar, recitando os encantamentos com os outros membros.

Cedric sentiu o peito apertar de apreensão por isso. Ele havia perdido muitos membros em questão de dias e não estava pronto para perder o amor da sua vida também. Ele segurou Emma e a abraçou com mais força contra o seu peito, com medo de deixá-la sair do seu abraço. Este pode ser o fim e eles podem não sobreviver.

"Amor, vamos lutar. Vamos lutar." Mas, Emma tinha visto como isso terminaria. Ela viu a morte a esperar por todos eles se não entregassem as suas vidas.

"Emma..." disse Cedric suavemente e suplicante, "nós vamos sobreviver a isso!

Já sobrevivemos a coisas piores e vamos sobreviver a isso! Não podes dar a tua vida a outro só porque sentes pena de mim."

Mas os seus olhos estavam fechados e ela estava a afastar-se dele.

"Não!" ele gritou e gritou até que as vozes das bruxas e do demónio voltaram para ele.

"Não vai funcionar! Não é um sacrifício! Emmaaa!" Ele gritou em vão.

Os seus olhos dela abriram-se como se tentassem consumir a visão dele uma última vez. No entanto, foi porque ela os viu a chegar. Eles tinham um grande exército e vinham atrás deles.

Jonas tinha conseguido um poder superior e estava bêbado com isso. Ela podia vê-lo transformando-se numa fera que devoraria tudo.

Eles estavam cercados por energia escura. Ele tinha que levá-la longe o suficiente daqui; ela sabia disso.

Cedric fez o possível para mantê-la por perto, mesmo quando as suas forças diminuíram e ela sentiu-se escapando dele. Ela não podia ficar nesta forma, mas estava disposta a sacrificar-se pelo seu Coven. Mesmo sabendo que Cedric pode lutar contra isso, ele certamente morreria sem a sua proteção. Ela morreria com ele e queria que ele vivesse. Ele teve que continuar a viver a sua vida normal, levando a "Hidden Hand" à terra prometida.

"Eles estão aqui." Evelyn também podia ver.

As portas do templo abriram-se e Jonas instantaneamente liderou o seu exército de bruxas e magos para o campo de batalha.

O Coven de Cedric parou de cantar e preparou-se para atacar. Cedric pensou que se falasse com Jonas uma última vez, eles poderiam chegar a um acordo, mas Jonas não estava mais lá. Era como se ele tivesse sido atacado pelo pior tipo de demónio, usando-o impiedosamente para criar confusão e instabilidade no Coven. Parecia ser o destino deles.

Com grande poder veio um grande caos, e eles lutarão até o limite.

Mas há algo no meio, e a bruxa e o bruxo são contidos num conflito entre o bem menor e o mal maior. Nesta guerra do mal e do mal, quem prevalecerá, o que acontecerá e o que será do mundo? O futuro está sempre a mudar, nunca permanecendo no mesmo lugar. E, neste caso, aqueles que deveriam saber que não seriam vítimas das tentações da luxúria e da paixão o fizeram, e não há como retroceder.

Se houve um tempo em que eles poderiam ter vivido felizes para sempre, já passou. Agora a história deles começou de novo. O futuro estava prestes a mudar para sempre se eles não o parassem. Se não salvassem o seu mundo.

Eles lutavam muito com tudo o que tinham. Alguns sacrifícios foram feitos, mas outros tiveram que ser sacrificados.

Todos queriam proteger mutuamente e viver enquanto tivessem alguma esperança de sobrevivência.

Eles tinham que acabar com isso de uma vez por todas para trazer a paz ao mundo. Essa foi a única coisa que impediu essa loucura de separá-los.

Mas, como sempre, a vida não tem senso de justiça, pois mesmo nesse momento mais sombrio, havia luz no fim do túnel para eles, pois todos permaneceram juntos, unidos, lutando.

Eles podiam ouvir trombetas ao longe, indicando que a batalha ainda não havia terminado. Jonas e os seus seguidores haviam chegado.

Eles atacaram assim que chegaram e a luta ficou feia. Um pequeno grupo de homens, liderados pelo próprio Jonas, havia encontrado uma abertura nas linhas inimigas.

Jonas e o seu exército eram imparáveis, e as bruxas e bruxos davam gritos enquanto lutavam.

As bruxas e bruxos não eram lutadores; foram treinados em defesa, não atacando ou se defendendo como os guerreiros faziam. Muitos morreram de ferimentos e ferimentos causados pelos demónios, e Cedric foi capaz de derrubá-los rapidamente.

No entanto, havia outras forças que se juntaram a Jonas. Homens vestindo armaduras de couro preto, carregando armas que brilhavam com poder mortal. Eles superaram as bruxas e bruxos muitas vezes. Esses inimigos eram diferentes; eles próprios eram mais como demónios, e nenhum deles poderia ser derrotado.

De alguma forma, os dois lados ainda estavam num impasse, sem obter nenhuma vitória. Não importa de que lado olhe, ambos precisavam um do outro. Cedric estava a ficar cansado e sabia que não havia como se manter firme contra essas forças. Eles lutavam para matar um ao outro.

Cedric tentou ligar para Jonas para ver os motivos, mas o motivo era um plano tolo.

Evelyn recitou um feitiço, enviando metade do Coven de Jonas contra as paredes brutais do templo.

Ela estava louca de raiva.

Isabella, por outro lado, encarou Emma. Emma tentava entrar em contato com forças superiores. Ela ficou de joelhos, tirando a blusa enquanto entoava vários feitiços.

Isabella a interrompeu com um golpe na cabeça, forçando Emma a deixar cair a blusa e deitar-se enquanto ela lutava e implorava em vão, implorando por misericórdia e salvação dos poderes superiores.

Evelyn ficou sozinha num ponto perto de onde Isabella estava. Os seus olhos escureceram e ela podia sentir o poder que estava preso dentro da pedra e agora foi liberto através do seu corpo em direção aos céus. As suas mãos estavam a brilhar em verde e, quando as energias atingiram o céu, houve um barulho alto e estrondoso, como um rugido estrondoso, espalhando-se pelo ar.

Quando tudo se acalmou novamente, Evelyn ergueu o rosto e observou as figuras escuras dos demónios recuarem. Como se nunca tivessem existido. Era como se eles tivessem simplesmente derretido, e quando ela olhou para o outro lado, o Coven já havia assumido o controlo da situação.

Os demónios restantes espalharam-se, recuando para as bordas do campo até desaparecerem completamente no ar.

Eles ficaram incrédulos e surpresos ao ver isso.

Neste ponto, houve um som estridente como um trovão. A atmosfera parecia ficar mais densa, dificultando a respiração. O pânico cintilou na consciência enfraquecida destes enquanto os seus corpos sucumbiam a uma força avassaladora. Caíram no chão e perderam a consciência.

Santa Muerte havia erradicado todo o oxigénio da área.

Sem querer entrar em muitos detalhes técnicos, Santa Muerte consegue manipular o éter astral, a energia astral, elevando a temperatura e quebrando as moléculas de oxigénio. Também alterou e aliviou a pressão atmosférica naquela sala; as moléculas de ar dispersam-se, tornando o oxigénio respirável mais rarefeito.

A pressão do ar externo tornou-se menor do que a pressão dentro dos seus pulmões e, com dificuldade para respirar, desmaiaram.

Depois do que pareceu uma eternidade de inconsciência, os sentidos de Evelyn despertaram gradualmente. Ela pestanejou, vislumbrando os arredores. Mas o silêncio que a envolvia era sinistro e perturbador. Era como se o mundo tivesse silenciado, deixando-a num reino de profunda quietude.

Enquanto o seu olhar vagava, ela notou um fenómeno estranho. Uma névoa luminosa pairava no ar, alternando entre tons dourados e roxos, lançando um brilho etéreo sobre tudo.

Evelyn sentiu um arrepio percorrer a sua espinha ao perceber que não estava mais no reino familiar que conhecera. Isso era algo diferente, algo além dos limites da sua compreensão.

Era um plano astral inferior; o plano astral tem várias camadas, e ela estava na mais inferior e densa. Em meio à atmosfera nebulosa, figuras começaram a materializar-se.

Eles tomaram forma e gradualmente Evelyn reconheceu-os. Isabella, Jonas e os outros membros do Coven estavam diante dela, as suas feições definidas numa aparência de outro mundo. Mas havia uma corrente de escuridão — uma aura que insinuava algo muito mais poderoso do que a magia que eles usavam antes.

Quando o peso da presença das entidades caiu sobre o grupo, um silêncio sobrenatural desceu, a sua energia e poder palpáveis.

Evelyn podia sentir a sua energia e poder irradiando como uma carga elétrica no ar. Era como se o próprio tecido da realidade tivesse dobrado para acomodar a presença deles.

Então uma procissão de entidades emergiu da névoa movediça.

Lúcifer, Santa Muerte, Nergal, Paymon, Bechard e outras entidades decretaram:

"De agora em diante" – as suas vozes ecoaram num coro que reverberou pelo próprio tecido da realidade; "vocês vão integrar as nossas falanges e trabalhar para nós no reino astral."

"Recrutem mais almas para trabalhar neste setor, inspirem mediúnicamente as obras escritas de algumas bruxas da Terra (via telepatia), mantenham as energias de rituais e oferendas deixadas em templos e encruzilhadas, e farão todas as tarefas que dissermos."

"A vossa guerra mantinha duas correntes energéticas separadas entre os Covens, dissipando as energias agora e impedindo que novas almas se juntassem à feitiçaria, o que era contraproducente."

"Agora vocês são almas das negras".

"Almas negras?" A pergunta tremeu nos seus lábios, os seus olhos arregalados de ansiedade.

A resposta veio rápida e autoritariamente:

"Sim, existem estrelas que, ao extinguir o seu centro gravitacional, colapsam e transformam-se em buracos negros; certas pessoas quando perdem a sua luz, tornam-se uma alma negra."

A voz de Evelyn, trémula com uma mistura de confusão e desejo de compreensão, perfurou o ar.

"Mas... nós estávamos vivos," ela arriscou, as suas palavras carregando uma pungente sensação de realização. As entidades olhavam-na com uma profundidade de sabedoria que se estendia por eras.

"Isso era vida? Às vezes, o corpo e a mente são uma prisão."
Disse Lúcifer.

"Agora vocês serão agentes das nossas falanges. Fiquem calmos. Atrás de cada sombra, há sempre uma luz". Entoaram, as suas palavras ressoando como um mantra de esperança.

Os seres cósmicos começaram a desaparecer, a sua presença diminuindo gradualmente como o brilho de estrelas distantes, deixando todos eles num estado de profunda reflexão.

A sua jornada tomou um rumo imprevisto, empurrando-os para um reino onde a escuridão e a luz convergiam.

A paisagem ao redor deles tinha uma semelhança assombrosa com os corredores dos sonhos, onde a realidade mudava e se fragmentava como um espelho quebrado.

A presença das entidades que os lançaram neste reino enigmático era tanto uma fonte de orientação quanto um lembrete constante da transformação irrevogável pela qual haviam passado.

 Ao abraçarem esse novo caminho, encontraram consolo no conhecimento de que, mesmo no abraço do desconhecido, sempre haveria a presença orientadora das entidades e a promessa de uma luz oculta aguardando para ser revelada.

Fim

Aleena Bot é um pseudónimo.

Aleena de 39 anos é pesquisadora de paranormal, ocultismo, espiritismo e parapsicologia há vários anos, mas esses temas são polémicos e às vezes levantam críticas da sociedade.

Assim, a autora assumiu o pseudónimo.

Os seus contos combinam ficção científica com o paranormal, sendo grande parte da informação baseada nas canalizações espirituais da própria autora ou em situações reais de fenómenos ocultos.

Deixe a sua avaliação, será apreciada.

Outros livros de Aleena:

"Sonhos Digitais".

"Do Bullying à Possessão"

"Fantasias Pecaminosas"

"Interferência Hiperdimensional" (em breve)